Elfi Sinn

Alles auf Anfang!

Unmögliche und fantastische Geschichten 4

Bibliografische Information der Deutschen Nationalbibliothek:
Die Deutsche Nationalbibliothek verzeichnet diese Publikation in
der Deutschen Nationalbibliografie; detaillierte bibliografische Da-
ten sind im Internet unter http://dnb.dnb.de abrufbar.

© 2020 Elfi Sinn

Herstellung und Verlag:

BoD – Books on Demand Norderstedt

Titelbild: Gabriele Barby

ISBN: 9 783 750 499 874

Inhaltsverzeichnis

Auf keinen Fall Liebe!

„Jetzt ist wieder Ruhe." Erschöpft ließ sich Britt Hoffmann in einen Sessel in der Cafeteria des Krankenhauses sinken und stellte ihre große Tasche neben sich. Ihre Freundin Nicole hatte ihr schon fürsorglich den großen Cappuccino geordert, den sie immer dann tranken, wenn sie zur gleichen Zeit ihren Nachtdienst beendet hatten. Durch die unterschiedlichen Dienstzeiten konnten sie sich nur relativ selten treffen und daher nutzten sie die Zeit nach der Nachtschicht, um sich gegenseitig auf den neuesten Stand zu bringen.

„Trink erstmal." Nicole schob Britts Tasse über den Tisch.

„Was war denn? Du warst doch schon unterwegs, musstest du noch einmal zurück?"

Britt seufzte kurz und strich sich über ihre kastanienbraunen Locken. Dann lächelte sie wieder. „Es war das Gleiche, wie immer. Diesmal war es die kleine Leona. Ich vermute, die Kleine hat Albträume und wenn sie aufwacht, schreit sie. Kein Wunder, immerhin hat sie einen schweren Unfall miterlebt. In so einem Fall hilft es, wenn ich bei ihr ganz sanft die Augenpunkte klopfe. Gerade Kinder beruhigen sich dann ganz schnell."

„Hilft das auch bei mir?" Nicole grinste herausfordernd und sah sie mit ihren himmelblauen Augen spitzbübisch an.

„Natürlich!" lachte Britt. „Aber ich wüsste nicht, wovor ausgerechnet du Angst haben solltest. Es sei denn, du hast wieder mal etwas

Übernatürliches entdeckt."

„Nein, das nicht." Nicole schaute noch einmal prüfend zum Nach-
bartisch – keine neugierigen Zuhörer - bevor sie sich zu Britt hinüber beugte. „Ich entdecke zurzeit völlig natürliche Sachen, zum
Beispiel Handlinien. Das ist wirklich aufregend."

Britt, die durch die großen Glasscheiben den frühsommerlichen
Platzregen mit Sorge betrachtete und ihre Hände an der großen
Tasse wärmte, schaute ihre Freundin ungläubig an.

„Mit so einem Humbug beschäftigst du dich auch?"

„Das ist kein Humbug", protestierte Nicole. „Jeder Mensch hat
nicht nur Fingerabdrücke, die ihn von anderen unterscheiden, das
ist ja hinreichend bewiesen und auch anerkannt. Jeder Mensch hat
auch unterschiedliche Linien im Handteller. Ich grüble zurzeit über
meine Liebeslinie. Siehst du diese Herzlinie hier, quer unter den
Fingern, vom Kleinfinger zum Zeigefinger. Da ist überhaupt nichts
los."

Anklagend hielt sie ihre Handfläche nach oben.

Britt lächelte. Das war ja klar, dass es irgendwann in diesem Gespräch um das wechselhafte Liebesleben ihrer Freundin gehen
würde. Das war immer so, wenn sie gemeinsam Nachtdienst hatten,
sie auf der Kinderstation und Nicole auf der Inneren.

Während Britt seit elf Jahren alleinerziehende Mutter war und sich
von Männern strikt fern hielt, flatterte Nicole von einem Liebes-
abenteuer zum nächsten. Zwar hatte sie an ihrem 30. Geburtstag

versprochen, endlich sesshaft zu werden, vielleicht hörte sie auch ihre biologische Uhr ticken, aber bis jetzt war noch nichts Bedeutendes geschehen.

Britt erinnerte sich mit gemischten Gefühlen an diese Geburtstagsfeier. Sie waren ziemlich ausgelassen in einer kleinen Weinstube gelandet und hatten viel Spaß gehabt, bis sie den Mann entdeckte, der sie so intensiv musterte, dass ihr kurz der Atem stockte.

Sie kannte ihn überhaupt nicht! Oder doch? Der Mann war atemberaubend, breite Schultern, dunkelbraune Haare, etwas lockig, helle blaugrüne Augen und dieses leicht schiefe Lächeln. So jemanden hätte sie sich doch gemerkt! Immer wenn sie zu ihm herübergeschaut hatte, waren sich ihre Blicke wieder begegnet. Britt hatte jedes Mal ertappt nach unten gesehen und sich bemüht, nicht zu erröten.

Seine intensiven Blicke katapultierten sie in ihre Teenagerzeit zurück und sie fühlte sich wieder so unsicher, wie mit 17.

Aber dann rief sie sich zur Ordnung. Schließlich wusste sie sehr genau, wie ihre damalige Schwärmerei geendet hatte.

Nicht dass sie es bedauerte, Alexander geboren zu haben, er war das Beste, was ihr bisher in ihrem Leben gelungen war, aber es war auch eine schwere Zeit gewesen. Was hätte ich damals nur ohne meine Geschwister gemacht, überlegte sie. Das Schwesternexamen hatte sie zwar noch kurz vor der Geburt geschafft, aber danach musste ihre Schwester Charlie oft als Babysitter einspringen, obwohl sie gerade eine Ausbildung bei der Polizei begonnen hatte. Auch Mats, ihr Bruder, kämpfte noch darum, mit seiner Firma in die schwarzen Zahlen zu kommen. Trotzdem waren beide da, als der Kleine sie nächtelang wachhielt, um endlich den ersten Zahn zu bekommen oder lösten sie am Krankenbett ab, als er Masern hatte.

Aber sie hatten es gemeinsam geschafft. Alexander war jetzt elf und ein begnadeter Sportler, was die ganze Familie stolz machte. Als Mutter gefiel ihr natürlich mehr, dass auch seine schulischen Leistungen richtig gut waren, vor allem seit er in diesem sonderbaren „Club der kleinen Millionäre" mitmachte.

Seit dieser Zeit hielt er sogar sein Zimmer selbst sauber. Ein Fakt, der jeder Mutter verdächtig vorkommen musste und noch nicht endgültig geklärt war. Verbarg er etwas vor ihr? Schaute er etwa schon nach Mädchen?

Also, sie hatte jede Menge anderer Probleme und gut aussehende Männer, die vermutlich nur ein Abenteuer suchten, kamen darin nicht vor. Basta! Deshalb war es wirklich an der Zeit, sich wieder wie eine vernünftige, alleinerziehende Mutter zu benehmen.

Während Britt noch ihren Gedanken nachhing, hatte Nicole in einem Buch geblättert und ihre Handfläche mit den Abbildungen verglichen. Schließlich schob sie das Buch zur Seite, stöhnte und warf ihre silberblonde Mähne gekonnt zurück. „Ich habe noch einmal alles geprüft. Es tut sich absolut nichts. Lass mich doch mal deine Hand sehen. Ich wette, sie ist viel interessanter."

Britt lächelte nur und ließ bereitwillig zu, dass Nicole ihre linke Hand unter die kleine Tischlampe zog. Kaum hatte sie ein Blick auf die Hand geworfen, jubelte sie schon. „So sollte die Herzlinie aussehen! Ganz tief und breit, das deutet auf eine sehr erfüllte Beziehung."

„Die ich mit Sicherheit nicht habe", grinste Britt. „Du weißt, dass ich allein lebe und Alexanders Vater ist schon verunglückt, bevor ich das Kind geboren hatte. Wahrscheinlich hätten wir uns sowieso getrennt, denn hinterher stand ich mit zwei anderen Frauen gemeinsam an seinem Grab."

„Das weiß ich doch." Nicole klopfte beschwichtigend mit dem Zeigefinger auf die Hand. „Aber das muss ja nicht so bleiben. Die linke Hand zeigt, welche Anlagen du hast oder was eventuell vorgesehen ist. Und das ist bei dir eine ganze Menge. Siehst du diesen Bogen? Oh, da kommt etwas ganz Großes, etwas Romantisches auf dich zu. Und ich will alles genau wissen. Hast du etwa schon jemanden kennengelernt?"

„Natürlich nicht! Höchstens den neuen Stationsarzt von der Inneren." Britt grinste, da sie die Reaktion von Nicole voraussah.

„Dr. Keller? Der zählt nicht! Mit 10kg Übergewicht und 20kg Arroganz fällt der durchs Raster." Nicoles Handbewegungen deuteten an, wie sehr sie diesen Mann verabscheute.

Einen kurzen Moment dachte Britt an den Fremden. Wenn sie dem vielleicht noch einmal begegnen würde? Aber das war ja völlig ausgeschlossen! Er hatte überhaupt nicht versucht, sie anzusprechen oder ihre Telefonnummer zu bekommen. Also war er wahrscheinlich gar nicht interessiert. Wer suchte schon eine alleinerziehende Mutter mit einem großen Sohn?

Diese Lektion hatte sie mittlerweile gelernt. Wann immer ein Mann sich für sie interessiert hatte, damals, als sie selbst noch Interesse hatte, war er zurückgeschreckt, sobald die Rede auf das Kind kam. Unwillig schüttelte sie den Kopf. „Jetzt fängst du auch noch an! Mein Sohn liegt mir schon dauernd in den Ohren. Seine Mitschülerin Fritzi hätte einen so tollen Dad, der wäre genau der Richtige für mich!"

„Und ist er das nicht?"

„Keine Ahnung! Ich kenne ihn doch gar nicht. Ich wundere mich nur, weil Alexander nie nach einem Vater verlangt hat. Er ist elf, vielleicht braucht er jetzt eine männliche Bezugsperson?"

„ Gut möglich. Du solltest mal so eine Dating-Plattform probieren oder zum Speed-Dating gehen."

Britt lachte zwar und schüttelte verneinend den Kopf, aber auf dem Heimweg ging ihr der Gedanke nicht aus dem Kopf. Sie würde erstmal in einem Ratgeber nachschlagen, welche Bedürfnisse Kinder in diesem Alter haben könnten und wenn die Fachleute das auch so sähen, würde sie sich glatt überwinden und sich beim E-Dating anmelden. Für ihren Sohn würde sie alles tun.

Als sie zurück in ihrer Wohnung war und den nassen Mantel zum Trocknen aufgehängt hatte, staunte sie wieder einmal, wie so oft in den letzten Wochen, wie ordentlich und selbständig ihr Großer geworden war. Sein Frühstücksgeschirr stand in der Spülmaschine, das Bett war glattgestrichen, sein Rennrad hing ordentlich in der Vorrichtung, die Mats gebaut hatte und sogar die Bücher im Regal waren geordnet.

Die vergessenen zwei Socken unterm Bett großzügig übersehend, schüttelte sie immer noch ungläubig den Kopf. Was für eine Veränderung! Früher hatte es hier ständig ausgesehen, als sei eine Legion der berüchtigten Vandalen mehrfach durchmarschiert, aber seit Alexander auf dem Reichtums-Trip war, hatte sich fast alles geändert.

Anfangs hatte sie es für eine typische Angeberei gehalten, als er plötzlich Millionär werden wollte. Aber seitdem hatte sie mehr als einmal gestaunt, wie eifrig und beständig er mit den anderen Kindern im Club sein Ziel anging. Vermutlich haben sie mehr Ahnung vom Geldanlegen als ich, überlegte sie, denn ihr Sohn sparte eisern und verdiente noch zusätzlich als Fahrrad-Kurier.

Und dennoch waren seine Noten in der Schule besser geworden, obwohl er auch viel für die Radrennen trainierte und außerdem noch mit Fritzi aus seiner Klasse und den kleinen Mollies Hindernisläufe machte.

Bisher scheine ich als Mutter doch eine Menge richtig gemacht zu haben, dachte sie zufrieden, während sie sich in ihr Schlafzimmer zurückzog.

Am späten Nachmittag, nachdem der Erziehungsratgeber grünes Licht gegeben hatte, setzte sie sich an ihren Laptop, um sich über die Dating-Szene zu informieren. Doch schon nach wenigen Minuten gab sie auf und ging in die Küche, um sich ihren geliebten Cappuccino zu machen.

Mit Block, Stift und Tasse setzte sie sich an den stabilen Küchentisch, um einen Plan zu machen. Das Ganze schien schwieriger zu werden, als sie erwartet hatte. Es gab unwahrscheinlich viele Dating-Portale. Da fiel die Auswahl schon schwer, aber noch komplizierter schien ihr zu formulieren, was sie eigentlich suchte.

„Wie sollte Ihr Traumprinz sein?"

Diese Frage hatte sie in einem Portal gelesen. Sie schob unschlüssig die Unterlippe vor und zuckte mit den Schultern.

Er sollte überhaupt kein Prinz sein, sondern ein ganz normaler Kerl. Es wäre schön, wenn er sportlich wäre, überlegte sie. Dann könnte er mit ihrem Sohn auch mal Fußball spielen und all die Sachen machen, zu denen sie sich außerstande fühlte.

Was noch? Er sollte treu sein und ehrlich. Doppelgleisigkeit war für sie passé. Auf keinen Fall ein Schaumschläger oder ein Schönling, der im Bad länger brauchte, als sie.

An Liebe dachte sie eigentlich nicht, das hatte ihr bisher nur Ärger gebracht. Was sie brauchte war ein praktischer, pflegeleichter Partner, der ihrem Sohn das gab, was er brauchte. Sie nickte noch einmal bestätigend, gab dann ihre Notizen in das Formular auf ihrem Laptop ein und drückte mit einer gewissen Erleichterung auf *Senden*.

Dann begann sie das Abendessen vorzubereiten und alle Gedanken an mögliche Konsequenzen schob sie ganz nach hinten.

Schon drei Tage später meldete sich ein Mann, dessen leicht verschwommenes Foto nicht allzu viel hergab. Aber in allem, was er von sich erzählte, schien er genau dem zu entsprechen, was sie erwartete. Als er ein erstes Treffen in einem Café ganz in der Nähe vorschlug, willigte sie ein. Warum auch nicht? Es war sicher besser, sich direkt kennenzulernen, als sich wochenlang über irgendwelche Belanglosigkeiten auszutauschen. Zum Glück hatte sie in dieser Woche keinen Nachtdienst und Zeit für ein Date.

Gut war auch, dass ihr Sohn unterwegs war und keine neugierigen Fragen stellen konnte. Wenn es klappen würde, war immer noch ausreichend Zeit, es ihm zu erklären.

Mit diesen beruhigenden Gedanken betrat sie ihr Schlafzimmer. Bisher war das Ganze eigentlich fast automatisch abgelaufen, aber jetzt meldeten sich doch erste Bedenken. Sie stand vor ihrem winzigen Kleiderschrank und betrachtete seufzend die geringen Optionen, die ihr blieben. Wann war sie eigentlich das letzte Mal mit einem Mann ausgegangen?

Ihr fehlte einfach jede praktische Erfahrung. Was war denn heute so üblich? Wurde erwartet, dass man gleich mit einem Mann ins Bett stieg?

Bloß nicht! Sie schüttelte entschieden den Kopf. Dagegen sprachen schon die fünf Kilo Übergewicht, die es sich an ihrem Bauch und den Hüften bequem gemacht hatten. Und die Schwangerschaftsstreifen! Aber die waren nun mal nicht zu vermeiden gewesen.

Hätte ich doch lieber vorher eine Diät machen sollen?

Unschlüssig schob Britt die wenigen Kleider zur Seite. Der moosgrüne Zweiteiler! Das würde gehen. Das Oberteil fiel locker und überspielte vieles und die Farbe betonte ihre Augen.

Jetzt noch ein leichtes Makeup und die Schuhe, dann war sie fertig. Nein! Ungläubig musterte sie die farblich passenden High Heels. Darin war sie mal gelaufen?

Sie schüttelte ganz entschieden den Kopf. Kein Mann war eine solche Tortur wert, fand sie dann und schlüpfte in bequeme Ballerinas.

Auch wenn sie sich vor dem großen Spiegel in ihrem Schlafzimmer ganz passabel gefunden hatte, wurde sie auf dem Weg zum Café immer langsamer.

Warum sollte sich ein Mann ausgerechnet für sie interessieren?

Sie war keine Zwanzig mehr, hatte keine Modelfigur, sondern trug

Größe 40 und konnte auch keine besonderen Erfolge vorweisen, außer einem Sohn, der wirklich gut geraten war. Aber darüber würde sie erstmal Stillschweigen bewahren. Oder wäre es doch besser, gleich klare Verhältnisse zu schaffen? Denn wenn er etwas gegen Kinder haben sollte, hätte sich die Sache erledigt.

Auf dem Rückweg war sie wesentlich schneller. Die Wut ließ sie regelrecht vorwärts stürmen. So ein Reinfall! Im Vergleich zu der Luftnummer, die sie eben getroffen hatte, erschien ihr sogar der arrogante Dr. Keller noch erträglicher.

Noch als sie Nicole davon am Telefon berichtete, war sie so wütend, dass sie kaum einen klaren Satz formulieren konnte.

„Stell dir vor, dieser Mensch hat mir zehn Minuten lang erklärt, wie er meinen Sohn auf Vordermann bringen will. Als sanfte Frau hätte ich da doch bestimmt einiges versäumt."

„So ein Idiot!", reagierte Nicole ebenfalls empört. „Das ist ein typischer Fall von Mansplaining!"

„Müsste ich das kennen?" Britt war etwas irritiert. Offensichtlich gab es, was Beziehungen anbelangte, so eine Art Geheimwissen, das ihr entgangen war.

„Mansplaining nennt man das besserwisserische Verhalten von Männern", erklärte Nicole. „Manche meinen, sie müssten Frauen die Welt erklären, weil die davon sowieso keine Ahnung hätten. Und was hast du gemacht?"

Britt musste grinsen, als sie an ihre Reaktion dachte.

„Ich bin aufgestanden, damit ich auf ihn herabsehen konnte und habe ihn gefragt:

Wieso kommen Sie auf die Idee, Sie müssten mir die Erziehung meines Sohnes erklären? Mein Sohn ist in Ordnung, so wie er ist. Und er wird sich als Mann garantiert nicht so dämlich benehmen, wie Sie!

Eigentlich wollte ich ihm noch den Cappuccino über den Kopf schütten, aber den hatte ich schon ausgetrunken. Das wäre auch zu schade gewesen.“

Nicole kicherte, wurde dann aber wieder ernst.

„Ich glaube, du musst gezielter suchen. Was hattest du denn in die Suche eingegeben, welche Art Mann wolltest du denn finden?“

Als ihr Britt den Text vorlas, kicherte Nicole wieder.

„Na, toll! Das hört sich an, als hättest du einen Sparrings-Partner für deinen Sohn gesucht. Willst du dich denn gar nicht verlieben?“

Britt seufzte. „Ach weißt du, die Liebe hat mir doch damals nur Schwierigkeiten gebracht, deshalb dachte ich eher an eine kameradschaftliche Partnerschaft.“

„Und du siehst, wohin es dich gebracht hat. Du bist erst dreißig! Du braucht das volle Programm mit Herzklopfen, feuchten Händen, Sterne sehen, Musik hören, das Schmachten am Telefon, das nervige Warten auf ein Wiedersehen…“

„Und wie soll ich das machen?“, unterbrach sie Britt stöhnend.

„Ich schätze, du musst dich ein wenig mehr damit beschäftigen. Immerhin sind wir jetzt fortgeschrittene Singles, da gelten andere Regeln, als mit Zwanzig. Du stehst doch auf Ratgeber, bestimmt gibt es auch einen dafür."

Einige Tage später ließ sich Alexander, der von allen nur Sporty genannt wurde, neben seiner Freundin Fritzi auf die Bank an der Hindernisstrecke fallen. „Wir müssen unbedingt etwas unternehmen."

Fritzi, die den letzten Mollies auf der Strecke zuwinkte und ihre kleine Hündin Perla streichelte, schaute ihn fragend an. „Was willst du unternehmen? Meinst du in den Ferien?"

Sporty schüttelte den Kopf. „Nein, die sind doch erst in drei Wochen. Und nicht ich, wir müssen etwas unternehmen, wenn wir deinen Dad und meine Mutter zusammenbringen wollen. Sie ist jetzt schon zweimal weggegangen, mit Lippenstift!"

Er sah sie bedeutungsvoll an. „Da ist Gefahr im Verzug, wie sie im Krimi immer sagen."

Aber Fritzi schüttelte unschlüssig den Kopf. „Ich weiß nicht, ob mein Dad wirklich jemanden sucht und ich…"

„Meine Mutter ist garantiert nicht so, wie deine war, sie mag mich auch wenn ich Mist baue. Und sie hätte mich garantiert nie verlassen." Sporty war sich da sehr sicher.

Das spürte auch Fritzi. Seit ihr Mutter verschwunden und ihr Vater aus London zu ihr gezogen war, hatten sie eigentlich ein schönes Leben, aber so eine Mum, mit der man über alles reden konnte, hätte sie doch auch gerne gehabt.

„Vielleicht mag sie mich gar nicht", sagte sie leise, denn das wäre das Allerschlimmste gewesen.

Sporty lachte nur. „Du kommst einfach morgen zu uns. Samstags backt meine Mutter Kuchen, wenn sie frei hat. Und als Ausrede sagen wir, wir müssten Englisch üben."

Obwohl sie noch einige Zweifel hatte, stimmte Fritzi zu.

Aber abends im Bett konnte sie einfach nicht einschlafen, so viele Gedanken gingen ihr durch den Kopf. Und jede schlimme Äußerung ihrer Mutter tauchte wieder auf und brachte sie erneut in die Zeit zurück, als sie noch die dicke Friedericke war.

Warum musste ausgerechnet ich so eine Missgeburt in die Welt setzen? Warum bin ausgerechnet ich mit so einem nutzlosen Vielfraß gestraft?

Inzwischen war Fritzi mit Hilfe ihrer Freunde wieder schlank und gesund, aber wenn Sportys Mutter auch so denken würde wie ihre, was dann?

Perla, die Fritzis Unruhe zu spüren schien, verließ ihr Körbchen und trat ans Bett. Auf den Hinterbeinen stehend, tastete sie mit ihren Vorderpfoten nach Fritzi, schmiegte ihren klugen Kopf an sie und winselte leise. Dann schaute sie sie aufmunternd an, wie immer das eine Ohr aufrecht, das andere etwas eingeknickt, so als wollte sie sagen: *Wo ist das Problem?*

Fritzi musste lachen. Perla wusste immer genau, was sie brauchte. Sie war einfach der klügste Hund überhaupt, auch wenn sie mehr als nur eine Rasse in sich vereinte. „Wenn du nur reden könntest, ich bräuchte so dringend einen Rat. Du musst mir morgen helfen. Ich muss wissen, ob Sportys Mutter die Richtige für meinen Dad und mich wäre, und für dich natürlich auch."

Perla bellte kurz, so als habe sie alles verstanden und trottete zu ihrem Körbchen zurück, während sich Fritzi beruhigt in ihr Bett kuschelte.

Am nächsten Tag gab sie sich besondere Mühe, ihr Haar zu bürsten, bis es glänzte und ein blaugrünes Shirt zu ihren Capri-Jeans auszuwählen, das ihr besonders gut stand. Aber da sie mit Perla im Körbchen und dem Fahrrad unterwegs war und es zwischendurch wieder mal einen der berüchtigten Aprilschauer gab, die sich in diesem Jahr bis in den Juni hineinzogen, kamen beide pudelnass wie Wassermäuse an.

Aber Sportys Mutter nahm Fritzi einfach freundlich lächelnd die nassen Sachen ab und hüllte sie in ein großes Badetuch.

Sie lachte sogar, als ihr die tropfnasse Perla mit vollem Schwung in die Arme sprang und drückte sie an sich.

„Na, du bist ja eine ganz Süße."

Und Perla aalte sich regelrecht in Britts Armen und ließ sich trockenreiben. Fritzi war hin und weg und betrachtete Perla begeistert, die wirklich so schaute, als würde sie zufrieden grinsen.

Damit war die Sache entschieden. Ja, so eine Mum würde sie natürlich gerne nehmen.

Die stellte nicht nur den Kuchen in Sportys Zimmer, damit sie ungestört arbeiten konnten, sie bügelte sogar noch die Sachen trocken. Fritzi war echt überwältigt, während Sporty nur leicht überheblich grinste.

„Das habe ich dir doch gleich gesagt, sie mag dich. Und sie ist auch die Richtige für deinen Dad. Wir müssen sie nur zusammenbringen und dann Peng!"

„Was heißt Peng?"

Fritzi verstand nur Bahnhof, aber Sporty klärte sie auf.

„Peng bedeutet, wenn sie sich treffen, werden sie sich sofort verlieben, großes Kino und so."

„Und auf welche geheimnisvolle Art sollen sie zusammentreffen?"

Fritzi zweifelte noch immer, war aber bereit, alles dafür zu tun.

Der Gedanke, dass sie dann alle eine Familie wären, gefiel ihr gut.

Sporty schien auch darüber schon nachgedacht zu haben.

„Wir locken sie unter einem Vorwand in eine Gaststätte, natürlich zur gleichen Zeit und der Rest passiert von alleine."

„Das könnte klappen", überlegte Fritzi. „Mein Dad geht manchmal ins *Reblaus,* das ist eine Weinstube, er mag kein Bier."

„Das passt gut, meine Mutter auch nicht. Du könntest ihm sagen,

meine Mutter würde seinen Rat brauchen, weil ich doch keinen
Vater habe. Wenn er so nett ist, wie du sagst, dann klappt das.
Sagen wir am Mittwoch, 18.00 Uhr? Da hat meine Mutter frei."
Fritzi hatte noch einige Skrupel, immerhin hatte sie ihren Dad noch
nie belogen. Aber in diesem Fall wäre es ja nur zu seinem Besten.
Dagegen könnte er doch nichts haben, oder?

„Und was sagst du zu deiner Mutter?"

Sporty grinste und fuhr sich mit den Fingern durch seine kastanienbraunen Locken. „Das weiß ich noch nicht so genau, aber mir wird
schon was einfallen."

Das dachte er auch immer noch, als ihn seine Mutter nach Fritzis
Verabschiedung prüfend ansah.

„Fritzi ist wirklich ein sehr nettes Mädchen, aber komm mir jetzt
nicht schon wieder mit ihrem Vater. Das hat sich erledigt. Ich treffe
mich zurzeit mit einem sehr netten Mann, einem Sportlehrer,
Jochen heißt er. Ich weiß noch nicht, was daraus wird, aber es wird
meine Entscheidung sein. Du musst mir keinen Mann suchen. Ist
das klar?"

Sporty sah zu Boden und bemühte sich sehr schuldbewusst auszusehen. „Äh, ich muss dir etwas sagen. Ich habe heute aus Versehen
eine Mail weggeklickt, da hat dich dieser Jochen eingeladen. Am
Mittwoch, 18.00 Uhr ins *Reblaus*, diese Weinstube. Bist du jetzt
sehr böse?"

„Natürlich nicht, wenn es wirklich nur ein Versehen war. Ich dachte Jochen wäre diese Woche außerhalb, sonderbar."

„Puh!" Sporty stieß die Luft aus, die er angehalten hatte. Wenn das alles ausgestanden war, würde er nie mehr lügen. Na ja, jedenfalls nicht mit Absicht.

Britt bekam nach zwei Verabredungen so langsam Routine für ihre Dates, sie brauchte wesentlich weniger Zeit beim Makeup oder am Kleiderschrank. Der Juni war schon ziemlich warm, also konnte sie in dem hübschen gelben Sommerkleid gehen, das ihr seit kurzem wieder passte.

Einige Tipps aus dem Ratgeber für fortgeschrittene Singles hatten dazugeführt, dass sie drei Kilo leichter und ihre Frisur etwas frecher war. Nach so einer kleinen Diät kann sich eine Frau wirklich begehrenswerter fühlen, dachte sie zufrieden, während sie sich vor dem Spiegel drehte.

Jochen war sehr nett und sie freute sich auf den Abend.

Beim letzten Mal hatten sie sehr angenehm geplaudert, aber mehr war da nicht passiert.

Sie hatte sogar vorsichtig unter dem Tisch ihren Puls gemessen, falls sie das Herzklopfen nicht gespürt haben sollte. Aber da war alles normal gewesen, kein Herzschlag außer der Reihe, keine feuchten Hände und auch keine Sterne oder ähnliches.

Vielleicht reagiere ich überhaupt nicht mehr auf Männer, weil ich schon zu lange auf der Reservebank bin?

Vielleicht müsste ich in eine Werkstatt gebracht und völlig neu programmiert werden? Oder ich muss wirklich ganz von vorne anfangen? Aber wie?

Sie schüttelte den Kopf über sich selbst, zuckte mit den Schultern und sah noch einmal in den Spiegel. Gelb stand ihr wirklich gut und der Rest würde schon klappen. Dann verließ sie die Wohnung.

Die Weinstube *Reblaus* war etwas weiter entfernt und sie nutzte die Straßenbahn, um nicht zu spät zu kommen. Den Rest des Weges hastete sie etwas schneller, stoppte aber abrupt vor dem Lokal. Da war alles abgesperrt, weil es einen Wasserschaden gegeben hatte.

Wirklich schade! Britt sah sich prüfend um, Jochen war nirgends zu sehen und sie beschloss ihn anzurufen, um einen anderen Treffpunkt auszumachen, aber sie tastete vergeblich nach ihrem Handy. Natürlich, das lag zuhause in der Tasche, die sie täglich nutzte. Gerade als sie gehen wollte, fing es an zu schütten.

Schon wieder so ein Sommerregen, bei dem es nicht nur von oben goss, sondern auch noch von unten sprühte. Eigentlich mochte sie es, wenn der Regen Blasen bildete, aber doch nicht heute!

„Hört das denn nie auf?", stöhnte sie und stellte sich weiter nach hinten unter die Markise.

Natürlich mit dem Rücken zur Weinstube, denn da gab es die Erinnerung an diesen attraktiven Fremden, die ihr immer noch aufregende Träume bescherte. Neulich glaubte sie ihn in Mats Firma gesehen zu haben. Oder war es eine Art Fata Morgana gewesen, weil sie einfach zu oft an diesen Mann dachte?

Und fast glaubte sie wieder zu träumen, denn genau jetzt kam er auf sie zu geeilt. Am liebsten hätte sie sich gekniffen, um zu spüren, dass er da wirklich vor ihr stand und sie fragend ansah.

„Sind Sie wegen der Schule hier?" Seine Stimme war tief und hörte sich an, wie Schokolade klingen würde, vorausgesetzt die könnte wirklich sprechen. Britt war überrascht von seinem englischen Akzent, das klang etwas eigenartig, aber süß und es passte zu ihm. Schule?

Irritiert schüttelte sie den Kopf. „Nein. Ich warte hier auf einen Bekannten, aber vermutlich hat er mich versetzt."

Daniel Winter, der Vater von Fritzi, hatte sich nur widerwillig auf den Weg gemacht. Er glaubte keine Minute daran, dass er Erziehungshinweise geben sollte. Er war seit seiner Scheidung schon so oft von Frauen angebaggert worden, die nach seiner Meinung alle vergessen hatten, dem Mann die Chance einzuräumen, sie zu erobern. Aber nicht mit ihm! Er hatte genügend schlechte Erfahrungen.

Allerdings gab es da diese hinreißende Brünette, die er damals in seinem Lieblingslokal gesehen hatte, aber seitdem nicht wieder. Mit ihr hätte er sich alles vorstellen können.

Und jetzt stand sie vor ihm. „Heute muss mein Glückstag sein!

Eigentlich soll ich einen Auftrag meiner Tochter zu erfüllen, aber offensichtlich hat man mich auch versetzt. Und jetzt treffe ich Sie hier. Haben Sie eine Vorstellung davon, wie oft ich seit jenem Abend hier war, nur um Sie wiederzusehen?"

Britt schüttelte lachend den Kopf. Er hatte sie gesucht? Wie toll war das denn!

„Und jetzt nutze ich einfach die Gelegenheit. Wollen wir nicht zu dem Griechen am Ende der Straße gehen. Dort dürfte es deutlich trockener sein. Ich bin übrigens Daniel."

Britt drückte die ausgestreckte Hand des Mannes und wäre beinahe zurückgezuckt. Misstrauisch schaute sie zum Himmel. Es gab doch kein Gewitter, aber auf ihrer Hand fühlte sich irgendetwas an, wie kleine Stromstöße, aber gar nicht unangenehm. Sie lächelte.

„Ich bin Britt. Sie haben eine Tochter?"

Er nickte. „Ja, aber ich bin alleinerziehend und geschieden."

Er war geschieden und hatte ein Kind. Das passte irgendwie gut.

Britt lächelte erleichtert. „Ich habe einen Sohn, ich bin auch alleinerziehend."

„Dann hindert uns also nichts daran, aus diesem verpatzten Abend, doch noch etwas Nettes zu machen." Er behielt ihre Hand fest in seiner während sie weitergingen und Britt hatte das seltsame Gefühl, dass sie sich an diesen Zustand gewöhnen könnte.

Es wurde ein wirklich netter Abend. Sie konnte sich nicht erinnern jemals mit einem Mann einen so angenehmen und vergnüglichen

Abend erlebt zu haben.

Noch am nächsten Morgen war sie von bisher unbekannten Gefühlen erfüllt, die sie ständig lächeln und über den Boden schweben ließen. Dieser Mann konnte wirklich sehr charmant sein, dazu der süße Akzent, einfach hinreißend.

Immer wenn er sie berührte, und sie hatten am Abend auch noch getanzt, waren ihr wohlige Schauer über den Rücken gelaufen und die Pulskontrolle hatte sich erübrigt, als er ihr den ersten Kuss gab. Ein solches Herzjagen, dass musste doch schon krankhaft sein, das kannte sie von Tachykardie-Patienten, aber sie fühlte sich dabei verdammt gut.

Sie hätte nie erwartet, dass ein Kuss solche Empfindungen in ihr auslösen würde. Na ja, es waren wohl auch ein paar mehr gewesen. Irgendwie, musste sie doch früher beim Küssen etwas falsch gemacht haben, denn so etwas hatte sie noch nie erlebt.

Der ganze Abend mit Daniel war einfach wundervoll, unbeschwert und fröhlich, wie früher, ganz am Anfang ihres Erwachsenenlebens. Vielleicht gab es doch noch den richtigen Mann für sie? Und vielleicht sogar einen für immer?

Fairerweise würde sie Jochen für das nächste Date absagen, falls er sich überhaupt noch einmal meldete. Schließlich hatte er sie versetzt.

Daniel würde so etwas natürlich nie tun. Er hatte ihr schon am nächsten Morgen so süße Komplimente über Whats App gemacht.

Und schon bald würde sie ihn wiedersehen.

Sporty hatte seine Mutter am Morgen scharf beobachtet, konnte aber nicht erkennen, ob seine Strategie aufgegangen war. Auch Fritzi war ratlos. Sie wusste nur, dass ihr Vater die Verabredung nicht hatte einhalten können, weil die Weinstube geschlossen war. War jetzt alles umsonst gewesen?

Sporty überlegte schon etwas Neues, aber Fritzi winkte ab. „Vielleicht ist es einfach besser so. Ich mag deine Mum wirklich gerne, aber wir sollten das die Erwachsenen entscheiden lassen."

Sporty, der absolut nicht dieser Meinung war, beschloss zunächst nur zu beobachten, so schnell würde er keinen anderen akzeptieren. Daniel hatte einfach alles, was er sich von einem Vater wünschte, er war sehr sportlich, reiste viel und konnte spannend davon erzählen und er würde alles für Fritzi tun. Für einen Sohn wie ihn, bestimmt auch!

Wann immer seine Mutter ihr Handy unbeaufsichtigt liegen ließ, schaute er nach. Es schien nicht mehr dieser Jochen zu sein, der dauernd Nachrichten schickte. Sporty verstand nicht all zu viel vom Inhalt, schon wegen der vielen Abkürzungen, aber seine Mutter schien sich immer sehr zu freuen, wenn etwas von diesem geheimnisvollen D. eintraf. Also man musste die Sache im Auge behalten, das wusste er genau.

Als Britt nach dem nächsten Nachtdienst zu Nicole in die Cafeteria

kam, wurde sie sehr intensiv und prüfend gemustert. „Ich wusste
doch, dass da etwas Überwältigendes auf dich wartet! Du hast dich
verliebt! Wer ist es? Ich will alles wissen!"

Britt erzählte ihr freudestrahlend von Daniel, konnte aber auch
leichte Zweifel nicht verhehlen, immerhin hatte sie sich schon einmal in einem Mann gründlich getäuscht. Nicole zog kommentarlos
ihre rechte Hand unter die Tischlampe. „Nicht schon wieder Handlinien", protestierte Britt.

„Doch, das ist jetzt wichtig. In der rechten Hand kann man feststellen, was von den Anlagen in der linken Hand wirklich eintrifft."

Nicole prüfte eingehend die Verbindungsstelle zwischen der Herzlinie und der Schicksalslinie, die sich senkrecht durch den Handteller zog und grinste auf ihre spitzbübische Art.

„Hier treffen sich die beiden Linien. Da kannst du gar nichts machen. Das ist einfach Schicksal."

Britt sah sie zweifelnd an. „Aber es ist doch noch alles so frisch,
was ist, wenn er nur ein Abenteuer sucht?"

Wieder grinste Nicole, diesmal fast ein wenig überheblich und
nahm einen Lippenstift aus ihrer Kosmetiktasche.

„Du spinnst echt! Ein Lügner hätte bei dir keine Chance. Schau in
deine Hand. Wenn ich diese Kreuzung von Herzlinie, Kopflinie
und Schicksalslinie mit dem Lippenstift nachziehe, was siehst du?"

„Ein M", bestätigte Britt.

„Genau! Wir nennen es das magische M. Wer dieses Zeichen trägt, dem kann keiner etwas vormachen.“

„Wenn ich das früher schon hatte, wieso“, begann Britt.

Aber Nicole unterbrach sie. „Eben nicht! Das entwickelt sich erst im Laufe des Lebens. Deswegen kannst du dir sicher sein, dein Daniel ist der Richtige. Allerdings gibt es noch eine schwierige Situation, jemand hat einen Unfall, aber es wird alles gut.“

Britts Augen wurden immer größer. „Und das steht alles in meiner Hand?“

„Natürlich nicht“, Nicole lachte vergnügt, „aber in meinen Karten. In jedem Fall bleibt es spannend.“

Auf dem Heimweg dachte Britt nicht über die mysteriösen Ankündigungen ihrer Freundin nach, sondern an die letzten Treffen mit Daniel. Er hatte eine ganz romantische Bootsfahrt nur für sie zwei geplant und ihr viel von sich erzählt. Was er vom Leben erwartete und wie gerne er wieder eine Familie hätte. Das machte ein Mann doch nur, wenn er es wirklich ernst meinte, oder? Ein anderes Mal waren sie gemeinsam zu einem Kricket-Spiel gegangen, bei dem Daniel mitspielte und sie ihn anfeuerte. Auch auf das nächste Treffen freute sie sich schon. Mittlerweile wusste sie, dass er für ein großes britisches Auktionshaus arbeitete und er hatte versprochen, sie zu einer Auktion mitzunehmen.

Schon die Atmosphäre vor Beginn faszinierte Britt.

Normalerweise machte sie sich nicht allzu viel aus Schmuck, aber hier wurden Ketten und Ringe aus unterschiedlichen Jahrhunderten gezeigt, die so kunstvoll gearbeitet waren, dass sie einfach staunen musste.

Daniel genoss es, ihr alles zu zeigen und freute sich über ihre klugen Fragen. Seine Exfrau hatte sich niemals für seine Arbeit interessiert, lediglich für die Höhe des Gehaltschecks.

Aber das war ja zum Glück vorbei. Wenn Britt wieder ein Wochenende frei hätte, würde er mit ihr ins Umland fahren, irgendwo in ein nettes Hotel. Sie brauchten viel mehr Zeit für sich, er würde ihr auch von Fritzi erzählen und sich nach dem Sohn erkundigen.

Sie kannten sich zwar noch nicht lange, aber er war überzeugt, dass aus ihnen eine tolle Familie werden würde.

Als die Auktion begann, hielt Britt ihre Hände fest im Schoß, bloß nicht einfach über die Haare streichen und plötzlich 10.000 Euro bieten.

Daniel lachte über ihren Eifer und bot für einen kleinen Schmuckanhänger mit grünen Steinen, den er ihr zur Erinnerung schenkte.

Auf dem Heimweg zog er sie an sich. „Ich bin so gerne mit dir zusammen, aber es ist schwierig, sich wirklich kennen zu lernen, wenn man sich immer nur wenige Stunden sieht. Wir brauchen einfach mehr Zeit. Was hältst du davon, wenn wir uns ein hübsches Landhotel für ein Wochenende suchen. Ich würde dich so gerne die ganze Nacht in den Armen halten."

Das Aufblitzen in Britts Augen gefiel ihm als erste Antwort.

„Ein Wochenende in den Ferien könnte klappen", überlegte sie.

„Mein Sohn fährt ins Trainingslager, allerdings nicht gleich zu Beginn der Ferien."

„Und meine Tochter fährt zu meiner Mutter. Dann hätten wir, wie sagt ihr *sturmfreie Bude*. Sollen wir vorher mit unseren Kindern reden?"

Britt bat ihn noch ein wenig zu warten, denn sie hatte Herzklopfen vor dem Gespräch mit Alexander, hoffte aber dennoch, dass er Daniel akzeptieren würde.

Die Woche vor dem Ferienbeginn begann schon wieder mit Regen, allerdings nieselte es nur leicht. Fritzi ging zum ersten Mal seit langem ohne Perla zur Schule, weil die heute operiert werden sollte. Ihr Vater würde sie deshalb zur Tierarztpraxis bringen.

Nachdem Daniel Perla bei Dr. Holm abgegeben hatte, widmete er sich wieder dem Gutachten über das Bild eines Impressionisten, als ihn das Telefon unterbrach. Frau Lück, die Helferin des Tierarztes teilte ihm besorgt mit, Perla sei noch halb benommen aus der Praxis gestürzt, das sei sicher etwas passiert. Unruhig sah er zur Uhr. Hätte Fritzi nicht längst schon hier sein müssen? Da klingelte das Telefon wieder. Fritzis Freundin Tanja war so aufgeregt, dass sie piepste und er nur wenig verstand.

Fritzi war in einen Schacht gefallen, um Himmelswillen! Nachdem er die Adresse von Tanja erfahren hatte, rannte er sofort zu seinem Auto. Zum Glück gab es Navis, denn so gut kannte er sich hier noch nicht aus.

Als er endlich den Bauzaun erreichte, an dem Tanja wartete, kam von der anderen Seite seine Britt angerannt. Wieso?

Beide sahen sich einen Moment erstaunt an, aber die Sorge um seine Tochter überwog. Wütend trat er gegen die Holzlatten, bis sie sich beide durch den Zaun zwängen konnten.

Schon von weiten konnte er erkennen, dass die Kinder Fritzi bereits herausgezogen hatten. Er stürzte neben ihr auf die Knie und musterte sie genau. „Kind, bist du in Ordnung?"

Und nachdem Fritzi ein schüchternes *Ja* gemurmelt hatte, umarmte er sie fest, obwohl sie fürchterlich nach Abwasser roch.

Und zu den Rettern gewandt, fuhr er fort. „Kinder, ihr wart wirklich super. Das vergesse ich nie."

Britt hatte sich ebenfalls neben Fritzi gekniet und kontrollierte den verletzten Fuß. Möglicherweise war er nur verstaucht und eins der Mädchen hatte ihn schon bandagiert. Trotzdem empfahl sie nach einem ersten Abtasten der übrigen Gliedmaßen unbedingt Röntgen im Krankenhaus, in das sie dann gemeinsam fuhren.

Während Daniel sein Fahrzeug vorsichtig durch den Feierabendverkehr lenkte, umklammerte Fritzi die Hand von Britt und strahlte sie an. Ihr Fuß tat zwar ziemlich weh, aber Sportys Mutter hatte sie so liebevoll in den Arm genommen, dass es ihr schon wieder richtig gut ging.

Nachdem Fritzi geröntgt und der Arzt Entwarnung gegeben hatte, wartete Britt auf Daniel in der Cafeteria mit einem Tee.

Er ließ sich stöhnend in den Sessel fallen und teilte die guten Nachrichten mit. Britt freute sich mit ihm, grinste aber dann doch ein wenig provozierend.

„Du bist also Fritzis Dad? Der beste Dad aller Zeiten, wenn ich meinem Sohn glauben darf. Und genau der Richtige für mich?"

Daniel lachte. Sollte es wirklich so leicht sein?

„Fritzi hat mir auch von dir vorgeschwärmt. Sportys Mum ist echt Spitze und sie bäckt noch richtigen Kuchen. Ich habe noch keinen kosten können."

Britt lachte. „Das kannst du gerne, du kommst zu uns und lernst meinen Sohn kennen."

Daniel griente. „Deinen Sohn kenne ich schon lange, er hat doch Fritzi trainiert, er ist wirklich ein prima Junge. Und ich Trottel dachte, wir müssten jetzt vorsichtig ausloten, ob die Kinder einverstanden wären, wenn wir eine richtige Familie würden?"

„Wollen wir das denn?" Britt schaute ihn mit dem Augenaufschlag an, den er schon immer entzückend fand.

„Es wird uns gar nichts anderes übrigbleiben. Ich will nicht mehr ohne dich sein, du fehlst mir schon, wenn wir uns nur ein paar Stunden nicht sehen. Wir können uns gerne noch Zeit lassen und ich überzeuge dich dann jeden Tag persönlich, dass ich wirklich der Richtige für dich bin."

Britt strahlte. „Das weiß ich doch. Jetzt weiß ich es ganz sicher. Aber unsere Kinder haben es früher gewusst. Wieso muss ausgerechnet in Liebesdingen das Ei klüger sein, als die Henne?"

„Oder der Hahn", lachte Daniel. Dann sah er sie etwas mitleidhei-schend an. „Wenn ich jetzt hier alleine gewesen wäre, hätte ich mir schon wieder Sorgen wegen Fritzi gemacht. Wahrscheinlich kann ich auch heute Nacht nicht schlafen. Du könntest nicht meine Hand halten und mich beruhigen?"

„Wenn es das ist, was du wirklich willst, gerne", lächelte Britt ver-heißungsvoll und stand auf. „Ich habe heute Abend keinen Dienst, aber ich hoffe, dass ich morgen früh ein echtes englisches Frühs-tück bekomme." Daniel schloss sie lachend in die Arme und wand-te sich mit ihr zum Gehen. „Morgen reden wir mit den Kindern und nach den Ferien suchen wir uns ein Haus. Lass uns endlich anfan-gen, eine Familie zu werden."

Wenn ich einmal reich wär…

Noch auf dem Heimweg summte diese Melodie durch den Kopf
von Kerstin Schorn. Sie war noch nie in einem Musical gewesen
und im Theater garantiert die letzten dreißig Jahre nicht.
Zu dieser Aufführung von *Anatevka* war sie von Frau Schneider
aus der Wohnung über ihr eingeladen worden. Frau Schneider war
sehbehindert und durfte deshalb immer eine Begleitperson kostenfrei mitnehmen.
So kam Kerstin zu diesem wunderbaren Erlebnis, zu dem sie sich
fast nicht getraut hatte, denn ihr Kleiderschrank bot dafür nicht
allzu viele Möglichkeiten.
Nur gut, dass sie noch das anständige schwarze Kleid von der Beerdigung hatte, sonst hätte sie gar nicht gewusst, was sie anziehen
sollte.
Früher mit Anfang Zwanzig, war sie oft im Theater gewesen. Immer wenn der Kulturverantwortliche hoffnungsvoll Eintrittskarten
für Theater und Konzert anbot, hatte sie gerne und häufig zugegrif-
fen. Damals war es auch selbstverständlich gewesen, dass ihr Be-
trieb diese Karten bezahlte. Aber auch das war wirklich sehr lange
her. Sie selbst, hatte für solche Sachen schon seit vielen Jahren kein
Geld mehr gehabt.
Deshalb konnte sie den Milchmann Tevje so gut verstehen, der
davon träumte, einmal reich zu sein. *Wenn ich einmal reich wär…,*

wieder zog die Melodie durch ihren Kopf und sie summte leise mit. Die Nachbarin lächelte. „Ihnen hat es auch so gut gefallen wie mir, oder?"

Kerstin nickte begeistert, ein Gefühl, das sie schon lange nicht mehr gespürt hatte. „Es war wirklich sehr schön. Aber mir geht der Milchmann nicht aus dem Kopf. Wie mag es wohl sein, wenn man wirklich reich ist und viel Geld hat?"

Frau Schneider schüttelte den Kopf. „Kindchen, zum reich sein gehört viel mehr, als nur Geld zu haben. Denken sie nur an die Lotto-Millionäre, die ihr Geld schon nach einem Jahr wieder los sind. Reich sein beginnt im Kopf und im Herzen. Reich sein kann man an Freunden, an Erlebnissen, an Möglichkeiten, aber natürlich gehört auch etwas Geld dazu."

Kerstin nickte verstehend, obwohl sie schon mit etwas mehr Geld glücklich gewesen wäre. Zu lange hatte sie jeden Cent, den sie verdiente, umgedreht, um die Familie über die Runden zu bringen. Und dann, als Hannes so schwer krank wurde, kamen noch die Kosten für die Medikamente dazu. Eine Pflege konnten sie sich nicht leisten, also hatte sie die Arbeitszeit in der Kantine des großen Verlages, in der sie angestellt war, kürzen lassen und arbeitete dafür nachts als Reinigungskraft.

Was *wäre wohl so schlimm daran, wenn ich ein wenig reicher wäre?* Die Klage des Milchmanns aus dem Musical zog ihr wieder durch den Kopf. Hatte sie sich ihr zukünftiges Leben so vorgestellt, als sie mit 21 ihr Studium als Ingenieurin für Bekleidungsindustrie abschloss und in einem Konfektionsbetrieb anfing?

Damals lag eine strahlende Zukunft vor ihr. Sie heiratete Hannes, den sie während des Studiums kennenlernte, bekam einen Sohn und sogar eine Neubauwohnung. Mehr hatte sie sich damals gar nicht wünschen können. Sie verdienten beide gut und konnten sich auch tolle Urlaubsreisen leisten.

Gerade als Kerstin überlegte, ihre Familie zu vergrößern und noch ein Kind zu bekommen, kam die Wende. Über Nacht verloren Kerstin und Hannes ihre Arbeit, neben der Familie, der wichtigste Lebensinhalt. Und eine neue Arbeit zu finden war wirklich nicht leicht.

Alles war plötzlich anders, das Vertraute war fast vollständig verschwunden. Der Zusammenhalt, das Zusammengehörigkeitsgefühl der Menschen um sie herum, all das gab es fast über Nacht nicht mehr. Jeder musste sehen, wie er alleine klarkam.

Kerstin, die nicht müde wurde zu suchen, fand sehr schnell Arbeit in der Kantine eines Verlages.

Natürlich entsprach das nicht ihrer Ausbildung, aber es war Arbeit und sie wurde gut bezahlt.

Hannes verkraftete die Veränderungen wesentlich schlechter, er wollte sich auf keinen Fall „unter Wert verkaufen", wie er es nannte. Die Folge war, er fand keine Arbeit oder wenn er welche hatte, verlor er sie wieder, weil er sich ständig mit seinen Chefs anlegte.

Seinen Frust über diese „Ungerechtigkeit" ließ er meist abends an Kerstin aus.

Noch schlimmer wurde es, als ihr Sohn mit siebzehn bei einem Autounfall starb. Kerstin erstarrte in ihrem Schmerz, funktionierte jedoch im täglichen Leben weiter, wie bisher.

Aber Hannes schien regelrecht durchzudrehen und allem und jedem die Schuld zu geben. Anfangs überhörte sie seine Schimpfkanonaden, als er aber seine depressiven Phasen immer häufiger in Alkohol ertränkte, begann sie sich zu wehren.

Leider blieb das erfolglos. Einmal hätte er sie fast geschlagen, aber nur fast. Vermutlich wusste er, dass sie dann sofort gegangen wäre.

Eine ärztliche Behandlung verweigerte er lange Zeit kategorisch.

Kerstin war klar, sie hätte sich konsequent von ihm trennen müssen, als er sich täglich betrank. So viele Leute hatten ihr zugeredet, auch der Therapeut, den sie wegen des Alkoholproblems konsultierte. Aber konnte sie das Wrack, das einmal ihr Mann war, einfach vor die Tür setzen? Immerhin hatten sie sich doch versprochen, in guten wie in schlechten Zeiten füreinander da zu sein.

Also machte sie einfach weiter, begrub ihre Träume und Hoffnungen und harrte aus.

Als Hannes schließlich schwer an einer Leber-Zirrhose erkrankte, übernahm sie klaglos die Pflege, obwohl er ein sehr schwieriger und undankbarer Patient war. Aber das alles nahm sie schon nicht mehr so richtig wahr. Eigentlich spürte sie kaum noch etwas, so als hätte sie ihre Gefühle tiefgefroren und irgendwo dort eingelagert, wohin kein Weg mehr führte.

Auch als Hannes beerdigt war, blieb diese innere Kälte.

Sie wechselte wieder zur Vollzeit in der Kantine, aber sonst blieb alles beim Alten.

Sonderbar war nur, dass ihr jetzt plötzlich mehr Zeit zur Verfügung stand, Zeit, die sie gar nicht füllen konnte. Bis Frau Schneider sie eingeladen hatte. Das war wie ein warmer Schauer, wie ein Auftauen, für sie gewesen, als wäre ihr erst jetzt bewusst geworden, dass auch andere Menschen sich für sie interessierten.

Und dass sie jetzt mit 55 immer noch ein eigenes Leben hatte oder wenigstens kümmerliche Reste davon. Wie sie die wieder beleben sollte, dazu fehlte ihr jegliche Vorstellung.

Aber irgendwo musste sie ja schließlich anfangen. Und der Anfang wäre schon die halbe Miete, wie ihr Großvater immer zu sagen pflegte. Warum also nicht mit der aufregenden Hoffnung beginnen, etwas reicher zu werden?

Dieser Gedanke elektrisierte sie regelrecht und verfolgte sie von da ab jeden Tag.

Sie wusste zwar nicht genau, woran man wirklichen Reichtum festmachen könnte. Es ging ihr auch nicht um eine konkrete Geld-summe, sondern eher um das Gefühl der Sicherheit, welches sie damit verband, so eine besondere Form der Sorglosigkeit. Man könnte sich einfach ein schönes Kleid kaufen oder in ein Konzert gehen, ohne sich Gedanken um die finanziellen Konsequenzen zu machen, einfach weil genügend da war.

So etwas war ihr sehnlichster Wunsch, so musste sich reich sein anfühlen. Aber wie konnte sie das erreichen?

Wie konnte sie mehr aus dem Geld machen, das ihr jetzt schon zur Verfügung stand? Jetzt, da sie keine Zuzahlungen für Rezepte leisten musste und keine Pflegematerialien mehr benötigte. Sie bekam sogar Witwenrente, zwar nur die kleine, aber für sie war das unvorstellbar viel Geld.

In der ersten Begeisterung darüber, hatte sie sich ein Kleid für den nächsten Theaterbesuch gekauft, einfach so. Im Geschäft fand sie es noch ziemlich passend und die Verkäuferin betonte mehrfach, dass dieser orangerote Ton die neue angesagte Modefarbe sei.

Aber zuhause stellte sie fest, dass sie in dem Kleid regelrecht kränklich aussah. Was jetzt? Sie drehte sich ratlos vor dem Spiegel und schob ihre halblangen, mittelblonden Haare hinter die Ohren. Dieser Misserfolg verunsicherte sie.

Vielleicht war sie auch nicht klüger, als die Lottomillionäre, die das Geld verschwendeten?

Sie seufzte noch einmal und betrachtete sich im Spiegel. Zum Frisör muss ich auch, entschied sie, und dieses Kleid tausche ich wieder um. Aber was passt denn wirklich zu mir?

Sie beschloss Frau Schneider zu fragen. Die freute sich zwar über den Besuch, wehrte aber bei Kerstins Frage ab.

„Kindchen, ich bin fast blind und kaum geeignet Mode-Empfehlungen zu geben. Für mich selbst habe ich mich immer an zwei Ratschläge meiner Mutter gehalten:

1. Wenn du etwas kaufst, nimm immer das Beste, das du dir leisten kannst und 2. Wähle die Farben, die du in den Augen hast, die passen immer."

Kerstin hatte die Hinweise schnell auf ihren Einkaufszettel gekritzelt und schaute dann Frau Schneider prüfend an.

Das stimmte, silbergraue Augen und ein hellgraues Kleid mit einem zarten violetten Schal.

Und gute Qualität konnte sie immer noch erkennen, schließlich waren Stoffe mal ihre Leidenschaft. Leider hatte sie wegen Hannes das Nähen aufgegeben, aber die Maschine war noch da.

Sie wurde richtig aufgeregt, es kribbelte fast in ihren Händen. Ob die Maschine noch funktionierte?

Das müsste sie unbedingt ausprobieren und mit den Farben, das könnte klappen. Ihre Augenfarbe hatte sie schon immer gut gefunden, so ein leicht verwaschenes Hellblau, wie ein früher Sommermorgen. Dazu müssten eigentlich alle Blau- und Grautöne gut passen.

Während sie noch ihre nächsten Schritte überlegte, hatte ihr Frau Schneider ihren geliebten Rooibush-Tee eingegossen und sah sie fragend an.

„Seit wann interessieren Sie sich denn wieder für Mode?"

„Ich habe das falsche Kleid gekauft. Das war gar nicht meine Absicht", seufzte Kerstin, „ich wollte doch nur wissen, wie man sich fühlt, wenn man sich einfach so, was Tolles leisten kann."

„Ach Sie treibt der Gedanke, reich zu werden, immer noch um", lachte Frau Schneider. „Da bin ich auch keine gute Ratgeberin, aber ich habe etwas für Sie. Ein Buch, mit dem meine Enkel gelernt haben, wie man mit Geld umgeht, wie man spart und Geld wachsen lässt. Das können Sie gerne mitnehmen."

Kerstin bedankte sich zwar, schaute aber immer noch etwas zweifelnd. Sparen musste sie nicht lernen. Das hatte sie jahrelang praktiziert. Aber wie man Geld wachsen ließ, das könnte interessant werden.

Ungeduldig blätterte sie gleich im letzten Teil des Buches, um es dann doch etwas enttäuscht wieder weg zu legen.

Diese Kinder hatten Sparpläne abgeschlossen, mit denen sie jeden Monat etwas Geld in einen Fonds eingezahlt hatten.

Das gefiel ihr, denn große Summen hatte sie auch nicht.

Aber die Kinder hatten das ganz preiswert bei einer Internetbank gemacht und dazu fehlten ihr vor allem ein Internetanschluss, ein Computer und jemand, der ihr erklärte, wie man damit umging.

Wen könnte sie dafür um Hilfe bitten, wer hatte ausreichend Ahnung? Kerstin überlegte den ganzen Abend, denn so schnell wollte sie ihr Ziel noch nicht aufgeben. Vielleicht Gerrit, die mit ihr in der

Kantine arbeitete und viel jünger war?

Aber die hielt davon gar nichts. „Wozu willst du dein Geld anlegen? Es gibt doch sowieso keine Zinsen mehr."

Sie klang regelrecht wütend und Kerstin wusste nicht, ob sie das wegen der Frage war oder ob sie generell schlechte Laune hatte, wagte aber dennoch einen zweiten Vorstoß.

„Ich dachte, ich könnte in einen Fonds sparen…"

Jetzt schimpfte Gerrit erst richtig und beruhigte sich lange nicht.

„Etwa an der Börse? Willst du alles verlieren? Am besten lässt du die Finger davon, Geld verdirbt den Charakter, definitiv!"

Damit war das Thema für Gerrit abgeschlossen.

Für Kerstin noch lange nicht, obwohl Gerrits Bemerkungen ihren Eifer etwas dämpften. Immer, wenn sie in den nächsten Tagen an ihrer Nähmaschine saß, überlegte sie, wen sie noch fragen könnte. Bis ihr der nette Volontär einfiel, der ihr geholfen hatte, als der Staubsauger in der Nachtschicht streikte. Der war jung genug, der würde so etwas garantiert wissen.

Florian freute sich sogar, als sie ihn Kerstin sehr zaghaft fragte. Er strich sich über seinen kupferroten Bürstenschnitt und grinste über das sommersprossige Gesicht. Endlich mal etwas, wo er mit seinem Wissen punkten konnte. Bisher bestand sein Volontariat hauptsächlich daraus, Recherchen und Besorgungen für die anderen Mitarbeiter zu machen, Kopien abzuheften oder auch mal Kaffee zu besorgen. „Klar, das mache ich gerne. Am besten wäre ein gebrauchter Laptop, den kann ich besorgen und WLAN haben Sie bestimmt auch nicht?"

Da Kerstin unsicher zögerte, setzte er fort. „Da helfe ich Ihnen auch."

„Sie wissen, dass ich nicht viel Geld habe, aber ich könnte als Gegenleistung für Ihre Beratung ein schönes Essen machen."

Als Florian freudig grinsend und heftig nickend, ihre Adresse in sein Handy eingab, schien es Kerstin als habe sie die größte Hürde genommen. Jetzt würde alles gut gehen.

Und als Florian etwas neugierig fragte, ob es ihr wirklich nur um ein Konto bei einer Direktbank gehe, erzählte sie ihm ohne Umschweife, was sie sich vorgenommen hatte.

Er schien das gut zu finden, denn er strahlte sie an. „Das ist echt toll, dass Sie sich das zutrauen. Meine Mutter hat immer noch Angst, dass ihr Geld im Internet verloren gehen würde. "

Knapp drei Wochen später hatte Kerstin die nächste Hürde geschafft. Sie war stolze Besitzerin eines Laptops, eines WLAN-Anschlusses und eines kostenfreien Kontos bei einer Direktbank, auf das in Zukunft auch ihr Gehalt gebucht werden würde.

Sie hatte mehrere Abende genau studiert, welche Service-Leistungen die Bank anbot. Obwohl sie manches nicht gleich verstand, blieb sie doch hartnäckig, bis sie herausfand, was sie brauchte. Zufrieden nahm sie zur Kenntnis, dass es ein kostenfreies Depot und sehr viele Möglichkeit für Sparpläne gab.

Sie hatte schon überlegt, monatlich von der Witwenrente jeweils 100 EUR in zwei Fonds einzuzahlen.

 Aber welche Fonds waren denn richtig gut und auch für sie geeignet?

Sie hatte das Buch von Frau Schneider mehrfach durchgeblättert, aber die Namen von Fonds wurden nicht genannt.

Kerstin runzelte unmutig die Stirn. Da wurde einerseits betont, wie wichtig es sei, die richtigen Fonds zu wählen, aber deren Namen wurden verschwiegen. Und die Andeutungen, wie man auswählen könnte, genügten ihr auch nicht.

Sie schloss das Buch enttäuscht. Reicher zu werden, war offensichtlich doch etwas schwieriger, als sie gedacht hatte. Aber vielleicht konnte ihr Florian noch einmal helfen oder er kannte jemanden, der wie die Tante in dem Buch, besonders gute Tipps hatte.

Da sie ausgerechnet am nächsten Tag etwas länger arbeiten musste, weil das Essen für ein wichtiges Verlagsevent früher fertig sein sollte, kam sie erst sehr spät zu den Büros in der 2. Etage, in denen sich Florian sonst aufhielt. Aber heute war er nicht da.

Sie öffnete eine Tür nach der anderen, fand aber keine Menschenseele. Nur im letzten Raum saß ein älterer Herr mit schlohweißen Haaren an einem altmodischen Schreibtisch und schaute unwillig von einem Schriftstück auf, als sie die Tür aufriss.

„Oh, entschuldigen Sie bitte, ich wollte nicht stören. Ich bin auf der Suche nach Florian, dem Volontär."

Der alte Mann legte das Blatt zur Seite und lächelte. „Hier ist niemand außer mir. Wenn Sie mit einem älteren Semester zufrieden wären, will ich Ihnen gerne helfen. Worum geht es denn?"

Kerstin war das Ganze fürchterlich peinlich und sie wäre am liebsten wieder verschwunden, aber der alte Herr hatte etwas an sich, dass ihr das Gefühl gab, ihm vertrauen zu können.

Und als er ihr mit einer Handbewegung einen Platz anbot, setzte sie sich und erzählte ihm alles, von Anfang an. Er hörte sich ihren Redeschwall geduldig an, stellte ein paar Fragen und lächelte wieder. Dann schob er ihr einen Notizblock und einen Bleistift zu.

„Ich diktiere Ihnen jetzt die Wertpapierkennnummern von zwei Fonds, die dem entsprechen, was Sie sich erwarten.

Die Namen dazu können Sie im Internet nachschlagen. In diese Fonds sollten Sie Ihr Geld monatlich einzahlen und ein kleines Vermögen ansparen. Später, wenn Sie mal in Rente sind, können Sie diese Fonds auf Ausschüttung umstellen und jedes Quartal ein nettes Extra bekommen."

Der alte Herr überprüfte noch einmal, was Kerstin in aller Eile notiert hatte, nickte zufrieden und lächelte wieder.

„Ich wünsche Ihnen Glück, meine Liebe! Ich bin sicher, das werden Sie auch haben."

Erleichtert und mit einem guten Gefühl verließ Kerstin das Gebäude und setzte sich zuhause sofort an ihren Computer. Anfangs hatte sie den Rechner noch misstrauisch aus der Ferne betrachtet, jetzt war er fast schon ein Freund.

Sie war etwas aufgeregt, schließlich war das ihre erste Geldanlage, aber der nette, alte Herr war so überzeugend gewesen, das musste klappen. Als sie die beiden Anträge für die Sparpläne endlich ausgefüllt und abgeschickt hatte, hätte sie jubeln können. Das hatte sie wirklich alleine geschafft!

Nachdem Kerstin alles in die Wege geleitet hatte und immer noch ungeduldig auf die Bestätigung wartete, blätterte sie einige Tage später wieder neugierig in dem Buch von Frau Schneider.

Das Wort Ansparen beschäftigte sie immer noch. Bisher bedeutete Sparen für sie, jeden Cent drei Mal umzudrehen und nur das Nötigste zu kaufen, damit das Geld bis zum Monatsende reichte. Aber Ansparen für ein Vermögen, schien doch etwas ganz anderes zu sein.

In dem Buch hatte sie gefunden, dass man zunächst das vorhandene Geld gut einteilen sollte. Mit einem Lächeln erinnerte sie sich an einen Spruch ihrer Mutter: *Teile deine Kröten ein, sonst werden sie bald flöten sein!*

Das dürfte kein Problem sein, überlegte Kerstin und erfasste alle fixen Ausgaben eines Monats auf einem Zettel. Als sie ihr Gehalt dagegen rechnete, blieb einiges übrig, aber weniger, als sie gedacht hatte.

Wenn sie jetzt so clever sein wollte, wie die Kinder im Buch, müsste sie überlegen, wo sie einsparen oder wie sie noch etwas zusätzlich verdienen könnte. Aber wie?

Erst jetzt musterte sie aufmerksamer die Summen, die jeden Monat abgebucht wurden. Brauchte sie das wirklich alles?

An dem großen Posten der Versicherungen blieb ihr Blick hängen. Davon verstand sie überhaupt nichts, die hatte Hannes noch abgeschlossen. Schließlich schob sie die Unterlagen wieder zusammen. Sie würde Florian bitten, sich das anzusehen.

Inzwischen kam er einmal in der Woche, um mit ihr am Computer zu üben und mittlerweile duzten sie sich auch. Ihm schien es Spaß zu machen, ihr alles genau zu erklären, aber vielleicht zog ihn auch das gute Essen.

Kerstin musste lächeln, wenn sie an seinen gesunden Appetit dachte. So war ihr Sohn Volker früher auch gewesen.

Sie seufzte. Wenn es damals nicht diesen fürchterlichen Unfall gegeben hätte, dann wäre er heute bestimmt Familienvater und sie eine glückliche Großmutter. Sie seufzte noch einmal, weil ihr das Herz weh tat. Das war jetzt schon so lange her, aber eine Mutter würde den Verlust eines Kindes wohl nie ganz vergessen können.

Als Florian am Donnerstag kam, schaute er nur kurz über die Verträge und zeigte ihr dann im Internet ein passendes Vergleichsportal. Nachdem beide eifrig die Zahlen gegenüber gestellt hatten, würde Kerstin zwei Versicherungen mit viel geringeren Beiträgen neu abschließen und die anderen ersatzlos kündigen. Eine Abbuchung blieb auch nach gründlicher Prüfung noch ungeklärt.

"Gibt es solche Vergleiche auch für Fonds? Da könnte ich mal nachsehen, ob meine beiden auch wirklich gut sind."
Kerstin hatte ihre Sparpläne parat gelegt und schaute Florian neugierig an. Der grinste überrascht.
„Du hast schon Fonds ausgesucht und Verträge gemacht? Du bist echt eine coole Socke!"
Und nachdem er einiges eingetippt hatte, zeigte er ihr Tabellen auf dem Monitor.
„Ein Vergleichsportal ist das nicht, aber wir können prüfen, ob sich deine Wahl gelohnt hat."
Nachdem er die Nummern eingegeben hatte, pfiff er überrascht durch die Zähne. „Wow! Die hast du selbst ausgesucht? Ich habe davon noch nie gehört, obwohl ich viel zum Thema lese. Und die sind wirklich Spitze!"
Kerstin winkte ab. „Das ist nicht mein Verdienst. Die hat mir ein netter, alter Herr im Verlag empfohlen. Es beruhigt mich, dass er wirklich eine Menge davon versteht."

Florian hatte sich inzwischen Notizen gemacht. „Als Volontär bekommt man ja nicht viel Geld, aber die zwei werde ich auch ansparen. Das lohnt sich. Oder hast du was dagegen?"

Kerstin lachte. „Überhaupt nicht! Dann haben wir beide was davon und können uns über die Ergebnisse austauschen. Ich freue mich wirklich sehr, dass es mit dem Reichwerden so vorwärts geht. Glaubst du, dass das schlecht ist? Gerrit aus der Kantine hat neulich gesagt, dass Geld den Charakter verdirbt."

Dieser Satz hatte ihr doch sehr zu schaffen gemacht und sie brannte darauf, Florians Meinung zu hören.

Der grinste nur.

„Das ist doch Quatsch. In meiner Bude hängt ein cooler Spruch von Will Smith, dem Schauspieler. Der Satz ist auch mein Motto geworden: *Geld verändert die Menschen nicht wirklich, aber Geld potenziert, wer und was du bist! Bist du gut, macht Geld dich besser. Bist du ein großes Arschloch, wirst du mit Geld ein Riesen-Arschloch.*"

Kerstin musste lachen, das gefiel ihr und es beruhigte sie ungemein, mit ihrer Meinung nicht alleine zu sein. Dann deckte sie den Tisch.

„Jetzt gibt es erstmal etwas Herzhaftes." Florian grinste wie üblich.

„Ich bin dabei. Aber ich komme wirklich nicht nur wegen des Essens, obwohl es bei dir immer toll schmeckt. Mit den Leuten, die ich sonst kenne, kann ich mich überhaupt nicht über Sparen oder

Anlegen unterhalten. Keiner interessiert sich dafür, wie man es wirklich schaffen kann, aber jeder wäre gerne reich. Am liebsten über Nacht, als Fußballprofi oder als Fernsehstar bei DSDS."

Während des Essens tauschten sie sich weiter aus und Kerstin erwähnte das Buch, in dem Kinder Millionäre werden wollten.

„Deshalb habe ich meine Ausgaben geprüft und mit deiner Hilfe schon eine erste Einsparung. Wenn dich das auch interessiert, können wir uns jede Woche eine neue Idee ansehen und beide davon profitieren."

Natürlich beobachtete Kerstin ihre Fonds genau, anfangs jeden Tag, wenn sie nach Hause kam, dann nur noch einmal in der Woche. Alles entwickelte sich gut und sie beschloss, sich bei dem netten, alten Herrn für die guten Tipps zu bedanken.

Mit einem kleinen, butterzarten Kuchen, den sie gebacken hatte, machte sie sich auf den Weg in die 2. Etage.

Leider war der Raum menschenleer und Kerstin wollte gerade ihren Kuchen still abstellen, als ihr Blick auf ein großes Foto fiel.

Das war doch der nette, alte, weißhaarige Herr mit Schnauzbart, mit dem sie gesprochen hatte.

Sie starrte das Bild an und vergaß beinahe zu atmen. Das Bild zeigte den Gründer des Verlages, Ernst Ludwig Kaiser. Und der war schon lange tot!

Wie konnte das sein? Sie hatte doch hier mit ihm gesprochen, als sie Hilfe brauchte. Das hatte sie sich doch nicht einfach eingebildet, schon gar nicht solche superklugen Tipps!

Das hatte sie wirklich erlebt und er hatte ihr ja auch geholfen.

Ob es doch so etwas wie Schutzengel gab? Und ihrer hatte sich an sie erinnert, weil sie jetzt wieder auf einem richtigen Weg war?

Zufrieden mit ihrer Erklärung, nickte sie. Dann sollte sie auch so weiter machen.

Lächelnd verließ Kerstin den Verlag, den Kuchen hatte sie dem Sicherheitsdienst überlassen.

Neugierig las sie in den nächsten Tagen weiter in ihrem Buch und die dort geschilderte Idee gefiel ihr ausnehmend gut. Die Kinder hatten überflüssige Sachen verkauft und so ihr Sparschwein aufgefüllt.

Gleich am Wochenende betrachtete Kerstin deshalb ihre Besitztümer genauer. Viel hatte sie ja nicht, aber sie prüfte alles gnadenlos, räumte jedes Schrankfach und jede Schublade. Da gab es ein Essgeschirr, das sie von Hannes Tante Berta geerbt und nie benutzt hatten, weil es einfach zu hässlich war. Das könnte man verkaufen, falls sich tatsächlich jemand dafür interessierte.

Am nächsten Tag fand sie bei ihrer Suche noch Fahrzeugpapiere und einen Mietvertrag. Beides kam ihr völlig unbekannt vor, bis ihr das Motorrad von Hannes einfiel, das vermutlich seit Jahren bei einem Bekannten untergestellt war. Diese Miete erklärte die offene

Abbuchung. Darum würde sie sich schnellstens kümmern. Zufrieden ließ sie noch einmal die Blicke schweifen, alles fertig.

Erschöpft strich sie sich über die Stirn. Jetzt brauchte sie erstmal eine schöne Tasse Tee und einen Hocker, auf den sie die Beine legen konnte.

Danach würde sie sich noch ein paar Seiten in dem Buch gönnen, das sie jetzt mehr und mehr faszinierte.

Die Idee, die dort als nächste behandelt wurde, machte sie wieder munter. Reichtum müsse man anlocken, er käme nicht dorthin, wo es schmutzig und unordentlich sei.

Zusätzlich gab es noch Tipps, wie eine Reichtums-Ecke, in der eine Schale mit roten Äpfeln oder Goldstücken stehen sollte.

Kerstin schüttelte belustigt den Kopf, schaute sich dann aber doch aufmerksamer im Zimmer um.

Schmutzig war es bei ihr ganz bestimmt nicht. Schließlich hatte sie in den letzten Tagen alle Schränke aufgeräumt und jede Ecke ausgewischt.

Aber sah es so aus, als wäre hier Geld zuhause?

Nein! Entschieden schüttelte sie den Kopf. Garantiert nicht!

Wann hatte sie eigentlich das letzte Mal renoviert?

Es schien so lange her zu sein, dass sie sich nicht erinnern konnte.

Das musste alles anders werden. Nicht neu, aber so, dass es ihr gefiel. Sie nahm sich ein Blatt und notierte.

Im Wohnzimmer würde ein frischer Anstrich genügen, vielleicht neue Gardinen oder Kissen. Das dürfte kein Problem sein, jetzt wo die Nähmaschine wieder funktionierte.

Im Schlafzimmer war das Pflegebett von Hannes schon abgeholt. Wenn sie auf die Ehebetten verzichtete und dort nur ihres aufstellen würde, das seit der Pflege im ehemaligen Kinderzimmer stand, dann hätte sie ein gemütliches Zimmer, das nur noch helle Farben an die Wände brauchte.

Aber so dunkelbraun wie das Bett war, sollte es nicht bleiben, überlegte sie und lächelte erwartungsvoll.

Ich werde es lackieren, mit einer aufregenden Farbe! Gleich morgen werde ich im Baumarkt nach Farbmustern schauen.

Als sie am nächsten Tag mit einigen Farbbüchsen und Mustern für Wandfarben aus dem Baumarkt kam, war sie noch so aufgedreht, dass sie an der Haltestelle am liebsten gekichert hätte. Ihr Herz klopfte immer noch ziemlich laut. So etwas Verrücktes hatte sie wahrscheinlich noch nie gemacht! Sie setzte sich auf die Bank, um etwas zur Ruhe zu kommen.

„Sie können sich noch etwas entspannen, dieser Bus fällt aus, der nächste kommt erst in 20 Minuten."

Kerstin wandte sich dem älteren Herrn zu, der sie mit dieser nützlichen Information versorgt hatte. Er schaute neugierig auf ihre Farbbüchsen und lächelte. „Sie wollen sicher renovieren?"

„Ja, ich will was ändern. Als erstes werde ich mein Bett rosa lackieren. Finden Sie das sehr verrückt?"

Er lachte. „Ich bin der letzte, der über Verrücktheiten urteilen könnte. Aber ich finde es kühn und wenn es Ihnen gefällt, dann ist das genau richtig. Wollen Sie auch die Wände streichen?"

Er deutete auf die Farbmuster. Sie zögerte, das hatte sie noch nicht so genau bedacht.

„Ich könnte Ihnen helfen, wenn Sie wollen. Ich war Maler und habe viel Zeit."

„Die habe ich auch", lachte Kerstin, „leider kann ich keinen Maler bezahlen."

„Das können heute die wenigsten", lächelte der Mann. „Es ist nur so, dass ich auch schon mit einem guten Essen zufrieden wäre."

Kerstin wandte sich ihm überrascht zu. „Haben Sie kein Zuhause mehr?"

Er grinste etwas mühsam. „Ich bin nicht obdachlos, falls Sie das meinen. Ich habe eine kleine Wohnung, aber tatsächlich kein Zuhause mehr."

Bis der nächste Bus kam, kannte sie die traurige Geschichte von Clemens, der erfolgreich einen großen Malerbetrieb geführt hatte, bis er sich in eine wesentlich jüngere Frau verliebte. Um alle ihre Wünsche erfüllen zu können, hatte er pausenlos gearbeitet, bis er mit einem Herzinfarkt in die Klinik eingeliefert wurde. Während er dort noch um das Überleben kämpfte, verkaufte seine Frau die

Firma und räumte seine Konten leer. Seitdem war sie verschwunden.

Als ihn Kerstin trösten wollte, schüttelte er nur unwillig den Kopf. „Das kommt davon, wenn man sich mit 75 wie ein alter Esel aufs Glatteis führen lässt. Zum Glück habe ich noch meine Rente, die für eine kleine Wohnung reicht. Aber dort ist niemand mit dem man mal reden kann. Also sitze ich hier und langweile mich."
Jetzt lachte Kerstin. „Das kann ich natürlich nicht zulassen. Einverstanden, am Wochenende geht es los."
Anschließend tauschten sie noch die Adressen und Telefonnummern aus und fachsimpelten über die passende Wandfarbe, die Kerstin noch besorgen musste.
Als Gerrit am nächsten Tag neugierig nach ihrer Geldanlage fragte und Kerstin ihr von der Renovierung und Clemens erzählte, schimpfte sie erneut so wütend über die Naivität von Frauen, dass Kerstin beschloss, sie nicht weiter zu reizen und über ihre nächsten Vorhaben zu schweigen.

Auch Florian reagierte zunächst irritiert, weil sie einen völlig fremden Mann in ihre Wohnung lassen wollte. Als sie ihm aber die Zusammenhänge erläuterte, war er sofort dabei.
„Ich kann am Wochenende mithelfen, wenn du mir dann auch hilfst. Meine Bude hat es nötiger als deine. Wenn man damit wirklich Reichtum anlocken kann, mache ich sogar regelmäßig sauber,

auch wenn ich nicht weiß, ob ich das überlebe!"

Während sich Kerstin um das Essen kümmerte, blätterte Florian selbst in dem Buch. „Du hast mir etwas ganz Wichtiges unterschlagen", rief er in Richtung Küche, aus der Kerstin neugierig auftauchte. „Was denn?"

„Die Kinder haben ein Sparschwein und drei Gläser. Das erste ist für die notwendigen Ausgaben, das wären bei uns die monatlichen Fixkosten. Das zweite ist ein Nasch-Glas für besondere Genüsse und das dritte ein Spaß-Glas. Das müssen wir doch auch berücksichtigen. Oder siehst du das Renovieren schon als Spaß?"

Kerstin stutzte, dann grinste sie. So hatte sie das noch nicht betrachtet.

„Aber ja", rief sie, „mir macht das wirklich Spaß. Ich weiß gar nicht, wann ich mich das letzte Mal so gut gefühlt habe."

Und dieses Gefühl hielt an. Im Laufe der Woche hatte sie ihr Bettgestell abgeschliffen und farbig lackiert, die Doppelbetten einer Organisation gespendet, die sie auch gleich abholten und das Schlafzimmer ausgeräumt.

Als Clemens und Florian am Samstag eintrafen, war alles bereit. Die beiden beäugten sich zunächst etwas prüfend, aber dann arbeiteten der kleine, stämmige Clemens und der lang aufgeschossene Florian zügig Hand in Hand. Nach wenigen Stunden konnte Kerstin, die Wände bewundern, die jetzt einen ganz zarten Rosenton hatten. Am Nachmittag waren die Türen des dunklen Kleiderschranks mit weißer Folie beklebt und das rosafarbene Bett war aufgestellt.

Kerstin kamen die Tränen, als sie die beste Bettwäsche bezog, die sie besaß. So schön hatte sie es sich gar nicht vorstellen können. Dankbar umarmte sie die zwei und servierte dann das versprochene Essen.

Dabei kam Clemens auf das zurück, was ihm Florian schon erzählt hatte. „Ich wäre auch gerne wieder etwas reicher und eure Ideen gefallen mir ausnehmend gut. Also nehmt ihr mich in euren Club auf?"

Kerstin lachte. „So ein richtiger Club sind wir ja nicht."

„Aber wir könnten es werden", rief Florian. „Wie nennen wir uns? Investment-Club? Nein, ich weiß, wir sind die Sparfüchse!"

Als die beiden grinsten, beteuerte er. „Nicht wegen meiner roten Haare, sondern, weil wir schlau wie Füchse sind und aufspüren, wo das Geld schneller wächst und wo man das Beste möglichst preiswert bekommt."

„Darauf trinke ich", rief Clemens und Kerstin schloss sich an.

Bis zum Ende des Monats hatten sie nicht nur Kerstins Wohnzimmer und Küche renoviert, sondern auch Florians Bude und die kleine Wohnung von Clemens. Auch die Reichtums-Ecke nahm schon Gestalt an.

Jetzt war alles bereit, jetzt konnte das Geld kommen, überlegte

Kerstin, als sie sich wie jeden Tag am Anblick ihrer Wohnung freute. Und irgendwie stimmte es ja auch.

Über das Internet hatte sie mit Florians Hilfe, Tante Bertas Geschirr verkauft, das trotz seiner Scheußlichkeit fast mehr einbrach-
te, als das Motorrad, das von einem Bekannten übernommen wurde.

Damit hatte sie schon eine größere Summe auf ihrem Tagesgeld-
konto, auf die sie sehr stolz war. Blieb schließlich die Frage, wo
noch etwas einzusparen wäre? Auch da gab es schon einige hilf-
reiche Überlegungen. Frau Schneider hatte sie gebeten, sie regelmäßig ins Theater zu begleiten. Dazu brauchte sie mehr als nur ein
Kleid. Inzwischen war es ihr zwar mit einiger Aufregung gelungen,
das orangerote Etuikleid in ein kornblumenblaues umzutauschen,
aber statt noch ein neues Kleid zu kaufen, würde sie einen Zweiteiler aus dem lavendelblauen Wollstoff nähen, den sie noch von früher hatte. Mit farbigen Schals könnte sie die beiden neuen Kleider
gut variieren.

Nur die Nebenverdienste schienen noch ein Problem. Obwohl sie
auch da schon eine Anfrage hatte.

Heute würde Gerrit zu ihrer Truppe stoßen, vielleicht brachte sie
sogar die entscheidende Idee mit?

Kerstin war total überrascht gewesen, als sie von Gerrit gefragt
wurde, ob sie auch teilnehmen könnte. Sie verstand aber auch die
vorherigen Reaktionen, als sie die Zusammenhänge erfuhr.

Ein guter Bekannter hatte deren Unwissenheit ausgenutzt und ihr vorgegaukelt, ihr sauer verdientes Geld besonders gewinnbringend anzulegen.

„Mehr als 10% sollte es bringen", hatte Gerrit erzählt. „Anfangs hat er mir das auch noch überwiesen, aber plötzlich gab es Turbulenzen an der Börse und mein Geld war futsch. Als ich ihn zur Rede gestellt habe, hat er noch frech gesagt, mein Geld wäre doch nicht weg. Es würde jetzt nur einem Anderen gehören.

Am liebsten hätte ich ihn erschlagen, da ich das nicht darf, habe ich halt alles gehasst, was mit Geld zu tun hat. Aber du hast soviel Freude dabei. Früher hast du nie bei der Arbeit gesungen, aber jetzt. Und das will ich auch."

Kerstin hatte gelacht und sie abgeklatscht.

„ Und wenn du wieder mehr Geld hättest, dann ist das fast so, als könntest du dem Gauner doch noch eine lange Nase zeigen."

Wie immer begann der Austausch schon während des Essens. Jeder wollte stolz seine Erfolge berichten oder eine neue Idee einbringen. Kerstin gab die Anfrage von Frau Schneider weiter.

„Sie hat meine Wohnung gesehen und möchte wissen, ob wir auch bei ihr renovieren können."

Florian grinste. „Wenn wir das regelmäßig machen, das gäbe einen tollen Zuverdienst."

Aber Clemens schüttelte den Kopf. „Wir können das bei deiner

Frau Schneider machen und auch mal bei anderen, die wenig Geld haben, aber wir können nicht gegen professionelle Malerfirmen antreten. Dafür sind wir nicht versiert genug. Ich habe eine andere Idee. Wir könnten alte Möbel aufmotzen und dann verkaufen. Kerstin hat mich mit ihrem Bett auf diese Idee gebracht. Gerade Kinderzimmer-Schränke sehen oft richtig traurig aus, da könnte man so viel machen."

„Oder alte Stühle", rief Gerrit. „Wenn wir die aufarbeiten und neu beziehen. Stoffreste habe ich genügend von meiner Mutter, die hat einen Stoffladen"

„Das ist Upcycling, wie bei der Flohmarkt-Challenge, das habe ich im Fernsehen gesehen. Super Idee", rief Florian begeistert. „Aber die Möbel kosten doch auf dem Markt schon ziemlich viel."

Clemens winkte ab. „Ich habe einen Bekannten, dessen Firma Wohnungen räumt. Da bleibt viel stehen, was nicht weiter verkauft werden kann. Das könnten wir für 'nen Appel und ein Ei bekommen."

„Und ich mache Fotos und stelle die Sachen im Internet ein."
Mit Florians Zustimmung war die Sache entschieden.

Schon in der nächsten Woche verschönerten sie gemeinsam eine Kommode und vier Stühle, die Clemens besorgt hatte. Mit einem weißen Anstrich und mit pinkfarbenen Herzen verziert, würde dieser Schrank ganz sicher ein kleines Mädchen glücklich machen.

Auch die robusten Stühle, die aus einer Gaststätte stammten, waren jetzt mit rotem Lack und rot-weiß gepunkteten Sitzen gut für jedes Kinderzimmer geeignet. Während sie noch gemeinsam die Ergebnisse bestaunten, meldete sich Clemens mit einem Vorschlag. „Ich habe über unser Spaß-Glas nachgedacht. Was haltet ihr von einem Konzert? *Perlen der Klassik* gibt es demnächst."

Gerrit keuchte überrascht auf. „Hast du eine Ahnung, was das kostet?"

Clemens grinste. „Das weiß ich, deshalb gehen wir für 10% des Eintrittspreises zur öffentlichen Generalprobe."

„Wow, du bist echt schon in richtiger Sparfuchs", lachte Kerstin. „Das ist eine Superidee. Haben wir noch mehr davon?"

Und schon schwirrten neue Anregungen und Ideen durch den Raum. Kerstin musste lächeln, während sie in die Küche ging, um das Essen vorzubereiten. Das passierte ihr jetzt häufiger, sie lächelte, einfach weil sie glücklich war, so glücklich wie schon lange nicht mehr.

In diesen wenigen Wochen seit sie sich entschieden hatte, reicher zu werden, hatte sie mehr Spaß gehabt, als in den letzten dreißig Jahren. Eigentlich wollte sie doch nur ein wenig mehr Geld besitzen, aber tatsächlich hatte sie so viel mehr gewonnen. Und so konnte es weitergehen.

Anfangen ist leicht…

„Sie schicken mich nach Hause, so?"

Anklagend hob Alana Hagen das eingegipste rechte Handgelenk
dem behandelnden Arzt entgegen.

„Sollte ich damit nicht wenigstens eine Woche ins Krankenhaus?
Wie soll ich denn so zuhause klarkommen?"

Doch der Arzt lächelte nur müde. „Ich dachte, Sie freuen sich, wieder nach Hause zu können. Lassen Sie sich von der Familie verwöhnen. Wir sehen uns dann in zwei Wochen zur Kontrolle."

Alana biss die Zähne so sehr zusammen, dass der Kiefer schmerzte
und verließ die chirurgische Praxis immer noch wütend.

„Familie", schnaubte sie. Wann hatte es jemals eine Familie gegeben, die sie hätte verwöhnen wollen?

Sie war bei Pflegeeltern aufgewachsen, weil ihre Mutter den Alkohol mehr liebte, als ihr Kind. Und auch die Pflegeeltern waren nicht
wirklich an ihr interessiert, sondern an dem Geld, das sie für die
Pflege erhielten.

Sie holte tief Luft und straffte die Schultern. Sie hatte sich damals
durchgebissen und würde das auch jetzt wieder schaffen.

Schon in der Schule und später beim Studium hatte sie verbissen
gelernt, um immer die Beste zu sein. Sie hatte jedes Stipendium
und jede Auszeichnung bekommen und schließlich auch eine gute
Position in einer Import-Export-Firma ergattert. Und dabei würde

es nicht bleiben, da sie die nächsten Stufen auf der Karriereleiter schon anvisiert hatte. Sie würde allen beweisen, dass sie besser war, als alle anderen.

Was irgendwie an ihre Herkunft erinnern könnte, hatte sie schon lange ausgemerzt In ihrem Appartement standen nur ausgesuchte Designerstücke, an der Wand hing moderne Kunst und in ihrem Kleiderschrank überwiegend Hosenanzüge von Armani in schwarz, grau und dunkelblau.

Kontakte zu ehemaligen Studienkollegen hielt sie nur noch, wenn sie nützlich zu werden versprachen.

Und Männer? Sie war erst 29, dafür war später genügend Zeit. Wenn sie Vorstandsmitglied wäre, ließ sich bestimmt etwas Passendes arrangieren, bis dahin blieb sie besser Single.

Also würde sie auch jetzt alleine klarkommen. Schon auf dem Weg zu ihrer Wohnung hatte Alana beim Lieferservice eines Restaurants angerufen und ihr Abendessen bestellt, den Termin ihrer Putzhilfe auf einen früheren Zeitpunkt gelegt und die Firma informiert, dass sie zunächst von zuhause aus arbeiten würde.

Sie lächelte stolz, als sie alles geklärt hatte. Es war wie immer: Was sie machte, tat sie nicht nur zur allgemeinen Zufriedenheit, sondern perfekt!

Dieses tolle Gefühl hielt bis zu ihrer Wohnungstür an, bis sich der Schlüssel nicht im Schloss drehte. Alana verdrehte stöhnend die Augen. Jetzt hätte sie beide Hände gebraucht, eine um die Tür heran zu ziehen und die zweite, um den Schlüssel zu drehen.

Das ging aber nicht, da die rechte Hand durch die Fraktur eher nutzlos war. Sie brauchte also Hilfe.

Suchend sah sie sich um. Eigentlich kannte sie kaum jemanden im Haus und es schien auch niemand da zu sein.

Nur aus der Wohnung neben ihr ertönte laute Musik.

Natürlich Cindy Brunner, die Schlampe, rücksichtslos wie immer! Wer hieß denn schon Cindy? Vermutlich hatte sie auch noch einen pinkfarbenen Trainingsanzug, in den sie ihre üppigen Formen zwängte. „Wenn ich nur irgendeine Wahl hätte", murmelte Alana vor sich hin, „würde ich das garantiert nicht tun."

Dennoch drückte sie auf den Klingelknopf der Nachbarwohnung.

Die laute Musik brach sofort ab und Cindy Brunner öffnete die Tür.

Sie trug keinen pinkfarbenen Trainingsanzug, sondern eine grün-goldene Tunika mit Leggins, die gut zu ihren roten Locken passte, wie Alana widerwillig zugeben musste.

Ohne sie zu Wort kommen zu lassen, wurde sie von Cindy in die Wohnung gezogen und in die Couchecke verfrachtet.

„Ach, du Arme, du bist verletzt und ganz blass um die Nase.

Ich gebe dir gleich ein paar Notfalltropfen."

Sie füllte frisches Wasser in ein Trinkglas und tropfte etwas aus einem Fläschchen dazu. Als sie es Alana reichte, schaute die höchst misstrauisch auf die Mischung.

Cindy lächelte. „Keine Angst, das sind nur Rescue-Tropfen von den Bachblüten, die helfen dir, mit dem Schock zurecht zu kommen."

Entgegen ihrer üblichen Art, trank Alana widerspruchslos das Wasser in kleinen Schlucken und erzählte dann sogar, wie sie auf dem glatten Boden der Bahnhofshalle ausgerutscht war, weil sie es wieder mal sehr eilig hatte.

Sie fühlte sich jetzt besser. Es schien ihr gut zu tun, wie interessiert ihr Cindy zuhörte und wie sie alles tat, damit sich Alana wohlfühlen konnte.

Natürlich hatte sie die Unordnung im Zimmer nicht übersehen, denn auf jeder nur denkbaren Fläche lagen Zeitschriften, Handarbeitsanleitungen, begonnene Näharbeiten und Stoffreste, angefangene Basteleien, bunte Flaschen, Steine, Muscheln und ähnliches. Dennoch störte das Alana gar nicht so sehr, weil ihr die warme, gemütliche Atmosphäre gut tat.

Vielleicht sollte es bei mir auch ein wenig freundlicher sein, überlegte sie gerade, als Cindy nach ihren Medikamenten fragte. Alana schaute sie verwirrt an.

„Du hast doch bestimmt Schmerztabletten bekommen?"

Da erst fiel ihr ein, dass sie das Rezept völlig vergessen hatte, obwohl ihr doch sonst nie etwas entging. Peinlich!

Sie zog das Rezept aus der Tasche, um es Cindy zu zeigen, doch die nahm es ihr aus der Hand.

„Am besten legst du dich erstmal eine Stunde hin. Ich muss sowieso zur Apotheke, da kann ich es mitbringen."

Dann brachte sie Alana zur Wohnungstür und zeigte ihr noch den Trick, mit dem man das Schloss auch mit einer Hand öffnen konnte.

Entweder hatte ich wirklich einen Schock oder das alles hat mich mehr als verwirrt, dachte Alana, als sie eine Stunde später, wirklich erholt erwachte. Sie war gerade dabei, sich mit ihrer schicken, italienischen Kaffeemaschine einen Espresso zuzubereiten, als es klingelte.

Am liebsten hätte sie Cindy jetzt an der Tür abgefertigt, aber da eine Zuzahlung fällig war, musste sie zu ihrer Tasche im Flur zurück und die Nachbarin folgte ihr neugierig.

„Wow! Bei dir ist es aber ordentlich. Bei mir haben sie das Ordnungs-Gen vermutlich vergessen. Ich hätte es auch gerne übersichtlicher, aber egal, was ich mache, nach kurzer Zeit sieht es wieder genauso aus."

Alana, die sich im Vorteil fühlte, lächelte und bereitete auch für Cindy einen Kaffee zu. Als sie dann aber gemeinsam auf ihrem stylischen Sofa saßen, das von einem namhaften Designer stammte, fand sie es nicht so entspannend, wie in Cindys Couchecke. Offensichtlich hatte dieser Designer weniger Bequemlichkeit, sondern eher die radikale Vernichtung von Wirbelsäulen angestrebt.

Dennoch betonte sie ihre Prinzipien. „Ich habe gerne alles geordnet. *Wie innen so außen, wie außen, so innen!* Das stammt aus den sieben hermetischen Gesetzen, eine Art kosmischer Weisheit. Einfach gesagt: Ist deine Wohnung aufgeräumt, sind auch deine Gedanken klar."

Cindy musterte die sparsame Einrichtung und grinste.

„Danach marschieren deine Gedanken nur auf der Hauptstraße. Kleine, gemütliche Nebenstraßen, wo das Leben tobt, gibt es wohl nicht? Hast du einen Freund?"

Und als Alana nur den Kopf schüttelte, seufzte sie tief.

„Ich auch nicht, leider. Besser gesagt, nicht mehr. Wir hatten einen Riesenkrach wegen meiner Unordnung und dann habe ich auch ein paar wichtige Termine vergessen. Jetzt ist Funkstille. Wenn ich könnte, würde ich ja etwas daran ändern, aber wahrscheinlich ist es sinnlos." Sie seufzte erneut.

Während Alana noch an ihrem Espresso nippte, dachte sie nach. Die Idee, die ihr durch den Kopf geschossen war, gefiel ihr immer besser. Normalerweise pflegte sie keine Kontakte zu anderen Frauen, aber normalerweise hatte sie auch keine Handgelenksfraktur und zwei Wochen Zwangsaufenthalt in der Wohnung.

„Genau genommen liegt jede von uns am jeweils äußersten Ende der Ordnungsschiene und jede würde gerne etwas näher an die Mitte rücken. Richtig?"

Cindy nickte und Alana setzte fort. „Du willst mehr Übersicht und Kontrolle über deine Sachen und ich möchte etwas mehr Gemütlichkeit und Wohlfühl-Atmosphäre. Wollen wir uns nicht gegenseitig helfen?"

Cindy war sofort begeistert.

„Das wäre echt toll! Wann fangen wir an?"

Alana überlegte, während sie ihren elektronischen Terminkalender zu Rate zog.

„Vormittags muss ich arbeiten, das geht im Home Office ganz gut. Aber nachmittags kann ich mir freinehmen."

Cindy sah sie erstaunt an. „Ich dachte, du wärst krank geschrieben?"

„Wozu?" Alana hatte schon genau überlegt, wie sie die Sache angehen wollte.

„Ich arbeite doch mit dem Kopf und nicht mit den Händen. Wenn ich aber total ausfallen sollte, verliere ich den Vorteil, den ich jetzt habe, nämlich für meinen Chef unverzichtbar zu sein."

Cindy schüttelte den Kopf, behielt aber ihre Gedanken für sich.

Sie hätte das vermutlich anders gemacht. Aber wer war sie schon, um das zu beurteilen?

Also besann sie sich auf Alanas Anliegen, stand auf und sah sich noch einmal um.

„Dieser Wohnung fehlt definitiv Farbe und es gibt zu viel Holz. In welchem Jahr bist du geboren?"

„1991. Warum fragst du?"

Aber Cindy lächelte nur überlegen, während sie auf ihr Smartphone schaute. „Das hatte ich mir gedacht. Dein Element ist Metall, deswegen ist das viele Holz ungünstig. Du brauchst hier mehr Weiß und Silber, Kamelienrosa und zartes Lavendel, sanfte, runde Formen und edle Stoffe, wie Brokat oder Lurex. Das Feng Shui hat für dich nur das Beste vorgesehen."

Alanas Augen funkelten bei dieser Aufzählung schon vor Begeisterung, aber eigentlich verstand sie nur Bahnhof. Bisher war sie ziemlich stolz auf ihre gute Allgemeinbildung, die sie sich selbst verpasst hatte. Wenn man weiter kommen wollte, war so etwas wichtig, aber wer oder was war Feng Shui? „Wovon redest du? " Cindy gefiel es, auch mal mehr zu wissen.

„Feng Shui ist eine chinesische Harmonielehre, die dafür sorgen kann, dass du in deinen Räumen gesünder lebst und dich auch wohler fühlst. Ich überlege mir ein paar Vorschläge, wo wir bei dir anfangen können. Was machst du mit deinen Haaren?"

Alana, die etwas Mühe hatte, den plötzlichen Gedankensprüngen ihrer Nachbarin zu folgen, tastete nach ihrem französischen Zopf, der sich nach dem Schlaf gerade in Auflösung befand.

„Die Haare müssen ab, ich gehe gleich morgen zum Frisör. Mit dieser Hand werde ich eine ganze Weile nicht flechten können."

„Du brauchst doch keinen Frisör, das kann ich machen", rief Cindy sofort bereitwillig. „Woran dachtest du? Ein kinnlanger Bob wäre am einfachsten, da brauchst du mit deinen Naturlocken nur zu bürsten. Das geht auch mit links."

Und während sie anschließend fachmännisch die hellblonden Haare kürzte, erfuhr Alana, dass Cindy fünfundzwanzig war, bereits eine Friseurlehre begonnen und abgebrochen hatte, um danach Schneiderin zu werden, aber wieder ohne Abschluss. Außerdem hatte sie angefangen Schmuck zu entwerfen, ein Kinderbuch zu illustrieren und einen Bastel-Blog im Internet zu gestalten. „Irgendwie wird bei mir nichts fertig. Ich fange immer wieder begeistert an. Anfangen ist so leicht…"

„Aber dran bleiben ist schwerer", grinste Alana, die sich einen solchen Mangel an Zielstrebigkeit überhaupt nicht vorstellen konnte. „Das lässt sich organisieren. Wenn du dir etwas für meine Wohnung ausdenkst, werde ich überlegen, wie deine Arbeitsabläufe und dein Zimmer geordnet werden können.

Am nächsten Nachmittag, nachdem Alana alle Telefonate und Videokonferenzen erfolgreich absolviert hatte, freute sie sich richtig auf die Zeit mit Cindy. Das war völlig neu für sie, aber es gefiel ihr.

Und deren Vorschläge für die Umgestaltung des Wohnzimmers begeisterten sie regelrecht. „Du hast ein ganz besonderes Talent für solche Dinge und wie toll du das gezeichnet hast." Cindy lächelte geschmeichelt bei diesem Lob.

„Es sind gar nicht so viele Änderungen notwendig", erklärte sie. „Die wichtigsten wären eine weiße Kommode an der Fensterwand, ein farbiger Teppich und Kissen für dein Sofa. Aber die kann ich dir anfertigen. Hast du irgendwelche Sachen aus Silber oder einem anderen Metall?"

Alana sah sich suchend um, hatte dann aber sehr schnell zwei silberne Leuchter und einen runden Spiegel gefunden.

„Die Leuchter kommen auf das Fensterbrett, da brauchst du noch ein paar rosa blühende Pflanzen. Der Spiegel ist super, den hängen wir über die weiße Kommode. Ich weiß schon, wo du die richtige finden kannst. Hast du morgen früh Zeit, deswegen mit mir zum Flohmarkt zu gehen?"

Alana schüttelte ganz entschieden den Kopf. „Ich würde wirklich gerne, aber unsere Kunden verlassen sich auf meine Anrufe, die mache ich immer am Vormittag. Falls du so eine Kommode siehst, schick mir doch ein Foto. Am Nachmittag kann ich dann mithelfen."

Cindy war etwas enttäuscht, gleichzeitig bewunderte sie Alana für ihre konsequente Haltung. Sie setzte sich wieder und seufzte.

„Wahrscheinlich sollte ich mir ein wenig von deiner Einstellung abgucken. Ich lasse mich immer viel zu leicht ablenken. Wenn jemand Hilfe braucht, komme ich sofort."

„Gefällt dir denn deine Arbeit nicht, wenn du sie so einfach unterbrichst?"

Alana, die sich so etwas nicht vorstellen konnte, tastete sich vorsichtig vor, endlich zahlten sich die vielen Psychologie-Seminare mal in der Praxis aus.

Cindy reagierte nicht gleich, aber dann räusperte sie sich und antwortete mit leiser Stimme. „Doch schon, ich mag es coole Klamotten zu entwerfen und auf dem Markt zu verkaufen. Aber irgendwie erscheint mir das, was ich mache, nicht so wichtig, wie das Problem, das ein anderer hat."

„Kannst du denn dann deine Miete bezahlen?" Jetzt sah Cindy etwas betreten zu Boden und flüsterte: „Das schon, aber viel mehr auch nicht."

Alana war etwas ratlos, fragte aber weiter. „Würdest du vielleicht lieber etwas anderes machen?"

„Nein, das nicht, auf keinen Fall." Während Cindy noch ganz entschieden den Kopf schüttelte, überlegte Alana fieberhaft.

„Was hält denn deine Familie von deiner Arbeit? Sind sie stolz auf dich?"

Cindy sah wieder nach unten und die Stimme stockte. „Wir haben kein besonders gutes Verhältnis. Meine Mutter ist enttäuscht von mir, weil ich nichts Bedeutendes mache, um Menschen zu helfen. Ich hätte eine Wunderheilerin oder wenigstens Ärztin werden sollen. Und meine Schwester, die eine kleine Boutique hat, ist sauer, weil die Sachen, die sie bei mir bestellt hat, nie pünktlich fertig waren. Da herrscht auch Funkstille."

Und schon flossen die Tränen. Alana war überrascht. Bisher hatte sie immer geglaubt, nur sie sei vom Schicksal benachteiligt worden. Offensichtlich ging es auch anderen so. Sie strich Cindy begütigend über die Hand. Im Trösten hatte sie keine Erfahrung, also sollte sie lieber helfen.

„Wenn deine Aufträge pünktlich fertig würden, wäre das hilfreich?" Nachdem Cindy zaghaft nickte, fuhr sie fort.

„Ich glaube, du brauchst einfach mehr Struktur in deiner Arbeit. Vermutlich kann man Kreativität nicht planen, aber den handwerklichen Teil schon. Lass uns mal das Ganze durchspielen."

In gleichen Moment klingelte es. Alana lachte, während sie zur Tür ging. „Das kommt genau im richtigen Moment."

Mit einem großen Packen Pappe kam sie zurück. „Daraus kannst du sechs Kästen falten, ich hoffe dass die weiße Farbe passt und dass sie ausreichen. Dann zeige ich dir in deiner Wohnung, was wir damit machen."

Cindy war fast sprachlos. „Die hast du für mich gekauft? Aber das geht doch nicht…"

„Natürlich geht das, du dumme Nuss", lachte Alana. „Du hast mir gestern die Haare geschnitten. Hast du eine Ahnung, was ich dafür bei meinem Frisör hinlegen müsste? Deutlich mehr, als diese Kästen, also beruhige dich."

In Cindys Wohnung sah es noch schlimmer aus, als am Vortag und Alana konnte es nicht lassen, Cindy auf ihrem eigenen Gebiet ein wenig zu necken.

„Ich habe auch etwas über Feng Shui gelesen und wenn ich das richtig verstanden habe, dann stört alles, was offen herumliegt, den Energiefluss und schafft Blockaden. Und sag jetzt nicht, das seien nur Ideen für demnächst."

Aber die grinste nur und nickte.

„Außerdem", dozierte Alana weiter, „verschlechtert es die Stimmung. Denn immer, wenn man Unerledigtes sieht, meldet sich das schlechte Gewissen."

Cindy nickte überrascht. „Stimmt auch!"

„Und deshalb werden wir feste Plätze für die unerledigten Sachen schaffen, bis sie planmäßig abgearbeitet sind."

Folgsam sortierte Cindy ihre Sachen in einen Kasten für Näharbeiten, in einen für angefangene Häkeltops, einen für Modeschmuck, einen für ein fast fertiges Manuskript und süße Illustrationen für ein Kinderbuch, einen für unterschiedlichste Bastelarbeiten und den letzten für Einrichtungsskizzen, die Alana besonders interessiert betrachtete. „Du könntest Einrichtungsspezialistin werden, du hast echt tolle Ideen."

Cindy errötete und packte die Blätter eilig in den Kasten. „Das war mal ein Traum. Mein Ex, Karsten, verkauft antike Möbel. Manchmal kauft er auch Häuser, saniert sie und verkauft sie dann wieder. Haus-Flipping, hast du bestimmt schon mal gehört. Er hätte gerne gesehen, wenn ich die Häuser eingerichtet hätte, aber ich bin wohl noch nicht so weit."

Sie seufzte, während sie die letzten Deko-Objekte einpackte. Jetzt sah das Zimmer deutlich besser aus, vor allem als sie die Kästen in das jetzt leere Regal unter dem Fenster gestapelt und die Zeitschriften einsortiert hatten. Cindy sah sich zufrieden um und ließ sich lachend in die Couchecke fallen. „Geschafft!"

Doch Alana schüttelte den Kopf. „Das war nur der erste Teil der Übung. Wenn die Kästen beschriftet sind, weißt du sofort, wo du etwas finden kannst und verlierst keine Zeit mit Suchen. Aber jetzt weiter. Was willst du morgen verkaufen?"

Cindy öffnete den Koffer, mit dem sie immer zum Markt fuhr und präsentierte stolz fünf lose fallende Blusen in unterschiedlichen, leuchtenden Blaugrüntönen, Farben mit Karibikfeeling, die gut zu den heißen Junitagen passten. Alana war nicht nur begeistert, sie war entzückt.

„Die sind so toll, die werden sie dir aus den Händen reißen. Da werden viele ihre helle Freude daran haben."

Cindy nickte nur wenig überzeugt. „Aber sie helfen keinem, der schwer krank ist, oder?"

„Ich muss mich wiederholen", rief Alana jetzt doch etwas aufgebracht. „Du bist wirklich eine dumme Nuss! Wer Menschen das Leben schöner macht, ist nicht weniger wert, als der, der Leben rettet. Denn wenn man im Leben keine Freude hätte, warum sollte es dann gerettet werden?"

Jetzt lachte auch Cindy. „So habe ich das noch nie gesehen."

Aber Alana war noch nicht fertig, sie musterte wieder die leichten

Stoffe und die strahlenden Farben. „Könntest du davon auch mehr verkaufen?"

Cindy nickte. „Aber da müsste ich noch einiges nähen, drei sind fast fertig."

„Dann mach es gleich", drängte Alana. „Ich lese in der Zeit in deinem Feng-Shui-Buch."

Cindy hatte kaum die Nähmaschine neu eingefädelt, als das Telefon klingelte. Bevor sie aufstehen konnte, hob Alana die Hand.

„Ich mache Telefondienst."

Nach einer kurzen Diskussion legte sie auf und rief: „Eine Cassie hat angefragt, ob du gleich als Babysitter einspringen könntest. Sie will mit ihren Freundinnen Essen gehen. Ich habe gesagt du kannst nicht, weil du an einem wichtigen Projekt arbeitest."

„Aber ich hätte…,"stotterte Cindy, doch Alana unterbrach sie resolut. „Du bist selbständig, das heißt, du bist die Chefin und deine beste Kraft in einer Person. Würdest du als Chefin zulassen, dass deine Angestellte ständig etwas anderes macht?"

„Nein, bestimmt nicht. Aber man soll doch auch hilfsbereit sein. So hat man mich erzogen."

Alana, die so langsam die Zusammenhänge verstand, schüttelte nur innerlich den Kopf. „Natürlich kannst du auch helfen, allerdings in Maßen und dort, wo es wirklich nötig ist. Aber du hast schon ein Nettigkeitssyndrom. Du musst dringend lernen Nein zu sagen."

Während Cindy vorher fleißig weitergearbeitet hatte, drehte sie sich jetzt mit großen Augen zu Alana um.

„Ist das dein Ernst? Meine Mutter würde das egoistisch nennen."

„Schön, dass ich dich jetzt mal mit deinen eigenen Waffen schlagen kann", grinste Alana ungerührt. „Wenn ich das mit dem Energiefluss richtig verstanden habe, müsste er ausgeglichen sein, wer gibt, muss auch wieder bekommen. Für mich sieht es so aus, als würdest du allen helfen, die dich fragen, aber wie viele davon helfen dir?"

Cindy war nicht nur nachdenklich geworden, sie schien auch mit den Tränen zu kämpfen. Deshalb war Alana froh, als das Telefon wieder klingelte. „Eine Polly möchte, dass du ihre Mutter vom Bahnhof abholst, sie ist noch beim Frisör und hat keine Zeit. Ich habe ihr gesagt, du auch nicht."

„Wenn du so weiter machst, wird keiner von denen je wieder mit mir reden", jammerte Cindy.

Aber Alana lachte nur. „Da irrst du dich gewaltig. Ab jetzt lernen sie dich erst richtig zu schätzen. Und nun bekommst du die erste Lektion im Nein-Sagen."

Da klingelte das Telefon erneut. „Eine Ollie bittet dich, morgen wieder Gemüse vom Markt mit zu bringen. Es geht ihrer Mutter zwar etwas besser, aber sie möchte sie noch nicht alleine lassen. Ich habe gesagt, das geht in Ordnung."

„Das hätte ich sowieso gemacht", flüsterte Cindy. „Ihre Mutter hat nicht mehr lange zu leben. Aber wieso ist das jetzt richtig? Ja, klar, weil es wirklich wichtig ist."

„Hurra", rief Alana, „das beweist mir, dass du tatsächlich ein funktionierendes Gehirn hast. So langsam hatte ich Zweifel daran, weil du dich die ganze Zeit ausnutzen lässt."

Während Cindy die letzten Arbeiten an den Blusen mit feinen Stichen ausführte, hatte Alana drei weiße Karten aus ihrer Wohnung geholt und mit der verletzten Hand etwas krakelig beschrieben.

„Das sind drei Möglichkeiten Nein zu sagen. Die 1. nenne ich das Aufschub-Ja. *Ich kann dir helfen, ja, aber nicht gleich.* Damit fällt es dir am Anfang leichter, jemanden, loszuwerden, der dich als Hilfskraft ausnutzen will."

„Das kriege ich hin." Cindy nickte überzeugt.

„Das Austausch-Ja ist die 2. Möglichkeit. *Ja ich könnte das machen, wenn du mir etwas anderes abnimmst.* Was macht diese Polly?"

„Sie arbeitet in einem Verlag, sie ist da ziemlich wichtig."

Cindy folgte Alanas Erklärungen immer noch sehr neugierig.

„Und hat sie dir schon mal angeboten, sich dein Kinderbuch anzusehen?"

„Nein, das würde ich doch nie verlangen."

„Aber es wäre doch nur ein Gefallen, du hast ihr bestimmt schon viele erwiesen und so etwas wäre eine gute Gelegenheit für ein Austausch-Ja."

Cindy fuhr sich nachdenklich durch ihre roten Locken.

„So langsam glaube ich tatsächlich, dass du recht hast. Das sind zwei gute Möglichkeiten, die ich hinkriege. Einfach Nein zu sagen, schaffe ich nicht."

„Aber du hättest das Recht dazu. Ein klares, deutliches Nein ist die 3. Möglichkeit, aber das ist etwas für Könner, da musst du noch ein wenig üben."

Dann lehnte sie sich zurück und lächelte verlegen.

„Ich sollte wahrscheinlich auch manchmal Nein sagen, um ein bisschen Zeit für andere Dinge zu haben."

„Spaß zum Beispiel?" Cindy grinste sie spitzbübisch an und drehte sich wieder zu ihrer Bluse, um die Arbeit zu beenden. „Wenn ich die morgen alle verkauft habe, dann haben wir uns genau das verdient."

Am nächsten Tag begeisterte Alana schon das Foto von der weißen Kommode mit silbernen Griffen im englischen Stil, und auf dem Markt wäre sie dann am liebsten um ihre Neuerwerbung herum getanzt, so freute sie sich. Sie fragte nicht nach dem Namen des Designers und feilschte auch nicht um den lächerlich geringen Preis, sondern war einfach nur glücklich.

Erst als sie die schmachtenden Blicke sah, die der Verkäufer Cindy zuwarf, ging ihr ein Licht auf. Das musste der Ex sein.

Aber dafür war noch viel zu viel Hoffnung in seinem Blick und zu viel Röte auf Cindys Wangen.

Alana grinste. Das konnte interessant werden. Und obwohl sie sich sonst für so etwas überhaupt interessierte, hier würde sie gerne Amor spielen.

Zumal dieser Karsten ein echt netter Kerl war, der sie beide samt Kommode, einem lavendelblauen Teppich und zwei rosa blühenden Pflanzen und dem Gemüse, ohne Diskussion zur Wohnung zurück brachte.

Als endlich alles an Ort und Stelle war und Alana und Cindy in dem umgestalteten Zimmer ihren Espresso tranken, waren beide in Hochstimmung. Alana, weil sie sich an dem jetzt gemütlichen Zimmer kaum sattsehen konnte und Cindy, weil sie die überraschten Blicke ihres Ex richtig genossen hatte, mit denen er in ihr ordentliches Zimmer gestarrt hatte.

„Zu deinem grauen Sofa mache ich dir noch zwei Kissen, eins in Lavendelblau und ein in dem Rosa von deinen Fleißigen Lieschen".

Alana, die immer noch auf der Genusswolke schwebte, verstand wieder einmal gar nichts.

„Von wem redest du?"

„Die Zimmerpflanzen, die du ausgesucht hast, heißen so. Es gibt auch eine Bachblüte mit diesem Namen *Impatiens*. Vielleicht brauchst du die auch?"

„Schon möglich", entgegnete Alana nachdenklich. „Wir wollen beide etwas ändern und stehen noch ganz am Anfang. Wenn die

Blüten helfen können, warum nicht? Aber wie willst du feststellen, welche die Richtige ist?"

„Das ist relativ einfach." Cindy lachte und holte aus ihrer Tasche ein Kartenspiel, das sie mit der Rückseite vor Alana ausbreitete.

„Am Anfang dachte ich immer, bei mir passt jede, aber mittlerweile konzentriere ich mich auf ein Problem und ziehe dann eine Karte. Bevor du mich fragst, eine Blüte für mehr Ordnung ist leider nicht dabei."

Neugierig blickte Alana auf die Karte, die sie gezogen hatte. Dort stand unter dem Foto einer Pflanze der Name *Vervain* und als Schlüsselwort *Entspannung*. Noch vor einer Woche hätte sie das als esoterischen Quatsch abgetan, aber jetzt da sie selbst erkannt hatte, dass ihr übertriebener Ehrgeiz sie viel Lebensqualität kostete und einfache Dinge, wie Freude und Freunde in ihrem Leben fehlten, betrachtete sie das *Vervain* als Bestätigung.

Und als Cindy aus der kleinen Broschüre vorlas, das sei die Blüte für Perfektionisten, konnte sie schon wieder darüber lachen.

„Und was hast du?" Neugierig beugte sie sich zu Cindy, die ihre Karte misstrauisch betrachtete.

Scleranthus stand unter dem Bild einer unbekannten Pflanze und als Schlüsselwort *Entschlossenheit*. Während Cindy noch auf die Karte starrte, hatte sich Alana das Erläuterungsheft gegriffen und begann zu lachen.

„Das passt wie die Faust aufs Auge", kicherte sie. „Diese Blüte braucht jemand, der etwas sprunghaft ist und sich schwer entscheiden kann, weil er einfach zu viele Möglichkeiten sieht. Kommt dir das bekannt vor?"

Cindy grinste. „Wenn das hilft, trinke ich gleich die ganze Flasche. Nein, ich weiß, wir machen es besser richtig. Ich kann die Tropfen morgen in der Apotheke besorgen, aber heute machen wir etwas anderes. Du brauchst Entspannung und ich habe was zu feiern. Wir gehen in die Karaoke-Bar."

Noch am nächsten Morgen musste Alana kichern.

So etwas Verrücktes hatte sie noch nie gemacht, mit wem auch? Aber mit Cindys Freundinnen, die alle Schlager-Oldies liebten, hatte sie den ganzen Abend gesungen, sogar auf einer Bühne. Und es war toll gewesen!

Irgendwie ging die Arbeit heute auch flotter vorwärts, sie hatte sogar mit einigen Kunden gescherzt, sie, die man hinter ihrem Rücken Eisberg nannte. Das war noch nie vorgekommen, aber die Kunden schienen das zu mögen.

Am Nachmittag kam Cindy, bereit für die nächste Lektion.

Sie brachte auch die Bachblüten, die beiden bestellten Kissen und einen wunderschönen Strauß rosafarbener Sommerblüten mit.

„Du brauchst mir doch keine Blumen zu schenken", rief Alana überrascht und kramte nach ihrer Geldbörse.

Aber Cindy schüttelte den Kopf. „Ich bin nur die Botin, die Blumen wurden für dich abgegeben."

Neugierig schaute Alana auf die kleine Karte. „Ach von Jan, das ist nur ein Kollege." Sie stellte die Blumen rasch in eine Vase.

„Aber doch ein sehr netter, wenn er so an dich denkt. Wie ist er denn?" Cindy war neugierig aber auch ein wenig neidisch. Ihr hatte noch niemand so einen üppigen Strauß geschenkt.

„Jan ist in der Nachbarabteilung, er ist superintelligent und eine echte Konkurrenz für mich, außerdem sieht er auch noch verdammt gut aus. Man könnte schon auf Gedanken kommen…"

„Aber?" Cindy unterbrach sie, um mehr zu erfahren.

„Wenn ich die nächste Karrierestufe geschafft habe, dann ist meine Position gesichert, dann möchte ich heiraten, Kinder kriegen, einen Garten, einen Hund, das ganze Programm. Aber dieser Mann scheint sich für ein Geschenk Gottes an die Frauen zu halten. Ob er dafür der Richtige ist?" Alana seufzte und strich verlegen über die zarten Blüten.

Cindy schüttelte verständnislos der Kopf. „Aber sowas kann man doch nicht nur logisch entscheiden. Bist du denn nicht wenigstens ein bisschen in ihn verliebt?" Als Alana sie nur irritiert ansah, begann sie zu schwärmen. „Als Karsten mich zum ersten Mal geküsst hat, war ich so hin und weg. Ich konnte mich nicht bewegen, total erstarrt. Irgendwo in meinem Hinterkopf dachte ich noch: *In 1000 Jahren werden mich die Archäologen ausgraben und sich über diese Haltung wundern.* Dann hat er mich losgelassen, ich habe tief eingeatmet…"

„Und dann konntest du wieder laufen?" Alana lachte laut.

„Natürlich", grinste Cindy. „Pech für die Archäologen. Aber so muss Liebe sein! Wie ein Erdrutsch, ein Wirbelsturm oder etwas anderes Weltbewegendes. Das kann man nicht planen."

Alana antwortete nicht gleich, aber das Lächeln auf ihrem Gesicht, schien einiges anzudeuten.

„Befassen wir uns lieber mit deiner Planung. Was glaubst, du unterscheidet eine Chefin am ehesten von ihrer Angestellten?"

Cindy überlegte kurz und lächelte eifrig.

Dann begann sie an den Fingern aufzuzählen. „Sie sollte immer zwei Schritte voraus sein, wissen was das Wichtigste ist und was zuerst erledigt werden muss und wann was dringend gebraucht wird."

„Sehr gut", lobte sie Alana. Dafür bekommst du ein Bienchen. Denn genau das wirst du jetzt machen."

Sie zog aus ihrer Mappe einen Bogen, der gestaltet war wie ein Stundenplan.

Damit begannen sie gemeinsam, den Zeitaufwand der unterschiedlichen Arbeiten zu bewerten und den Zeitraum abzuschätzen, in dem die geparkten Aufgaben erledigt sein konnten.

„Wenn du jede Woche so planst, hast du immer ausreichend fertige Ware für den Markt. Noch besser wäre es, du würdest wieder für deine Schwester arbeiten, dann hättest du mehr Freiräume und auch höhere Erträge."

Ein Blick auf Cindys gesenkten Kopf genügte Alana, um einzulenken. „Na, ja, vielleicht später, wenn die Kästen fast leer sind."
Das zauberte wieder ein Lächeln auf Cindys Gesicht. „Vielleicht. Jetzt beginne ich erstmal mit dem Schmuck, ich habe einige Bestellungen für nächste Woche. Danach kommen die Häkeltops, da fehlen nur noch die farbige Blüten."

„Brauchst du wieder einen Telefondienst?" Alana war über ihr Angebot selbst überrascht. Sonst blieb sie gerne allein, um zu lesen oder zu lernen, aber zurzeit genoss sie die Gesellschaft viel zu sehr. „Ich könnte in der Zeit dein Manuskript lesen, wenn ich darf?"

„Wenn du die vielen Fehler gleich korrigierst, gerne", antwortete Cindy fast gleichgültig.

„Wahrscheinlich kann man damit sowieso nichts anfangen, also kannst du es ruhig lesen."

Und das tat Alana auch, während Cindy Holzperlen, Muscheln, Münzen und kleine Glasfundstücke sehr geschickt zu höchst interessanten, modischen Ketten, Armbändern und Gürteln verarbeitete.

Cindys Geschichte für Dreijährige war kurz, aber niedlich und mit so hübschen Illustrationen versehen, dass sich dafür bestimmt viele Käufer finden könnten.

Alana erkannte die Chance und übersah die wenigen Fehler.

„Das ist eine tolle Geschichte", lobte sie. „Sicher wird es viele überraschen, dass deine Heldin eine kleine Katze ist, die zum ersten Mal gegen die Mäuse kämpft."

Cindy nickte. „Das ist Absicht. Ich kann Walt Disney bis heute nicht verzeihen, dass bei ihm die Mäuse niedlich und die Katzen doof sind. In Wirklichkeit ist es doch umgekehrt."

„Stimmt". Alana nickte nur, während sie bereits weiter überlegte. „Wenn ich dein Manuskript mitnehmen darf, dann könnte ich die wenigen Fehler gleich ausmerzen?"

Cindy nickte nur, während sie eifrig an ihren Ketten arbeitete. Und weil das Telefon an diesem Nachmittag überhaupt nicht klingelte, schaffte sie auch noch ihre Häkeltops.

Als Cindy am nächsten Tag zum Kaffee bei Alana auftauchte, präsentierte die ihr, die Katzengeschichte bereits im Buchformat.

„Ich habe ein gutes Layout-Programm, das wir sonst zu Marketingzwecken nutzen, damit kann man sich jetzt viel besser vorstellen, was für ein tolles Kinderbuch das werden könnte."

Cindys Dankbarkeit war Alana etwas peinlich. Immerhin hatte sie so etwas noch nie getan, aber helfen zu können, war ein tolles Gefühl!

„Mit diesem Entwurf kannst du jetzt Polly fragen, was sie davon hält, schließlich ist sie ja vom Fach."

Cindy, die den Hinweis sofort verstand, nickte begeistert. So würde es leichter sein, diesen Gefallen einzufordern.

Als Alana auch die Skizzen der unterschiedlichen Wohnungsein-
richtungen noch einmal in Ruhe ansehen wollte, gab sie sie ihr gerne.

Sie kannte Alana erst wenige Tage näher, aber in dieser Zeit hatte
sich in ihrem Leben schon eine Menge zum Positiven verändert.

Auch Alana spürte, dass sie durch das Zusammensein mit Cindy
häufig anders reagierte als vorher. Sie wusste nicht genau, wohin
das führen würde, aber es gefiel ihr. Früher wäre es ihr überhaupt
nicht in den Sinn gekommen, einem anderen zu helfen, aber jetzt
hatte sie schon vorher ihre helle Freude daran, was sie mit den
Skizzen und einem harmlosen Anruf in Gang setzen würde.

Vom nächsten Markttag, der wie immer in letzter Zeit ein Erfolg
war, kam Cindy mit einer aufregenden Neuigkeit zurück.

„Du errätst nie, wer heute an meinem Stand war?"

„Stimmt", lachte Alana, obwohl sie eine Vermutung hatte.

„Meine Schwester Chrissie kam plötzlich und hat alle meine Waren
gekauft. Und ich soll wieder an sie liefern, sie verkauft jetzt viel
über das Netz. Ist das nicht toll?"

Cindy hüpfte vor Freude, bis sie Alanas Grinsen sah.

„Du hast das gewusst? Du hast sie angerufen? Danke, danke!"

In ihrer Begeisterung riss sie Alana fast um.

Dann umarmte sie sie fest und tanzte mit ihr durch das Zimmer.

Alana hätte nie gedacht, dass man sich so mit anderen und für anderen freuen könnte, aber genau das tat sie jetzt. Ein tolles Gefühl!

Der Rest der Zeit bis zum Arzttermin verlief wie üblich.

Alana und Cindy arbeiteten beide fleißig an ihren Aufgaben, manchmal übernahm Alana noch den Telefondienst, aber da Cindy besser plante und selbstbewusster wurde, brauchte sie das immer weniger.

Mit Grauen dachte Alana daran, wieder tagtäglich in ihr Büro zu müssen und all die neuen Dinge, die sie mehr und mehr anziehend fand, in einer 60-Stunden-Arbeitswoche wieder vergessen zu müssen. Oder sollte sie ihre Ziele überdenken? Nein, die Ziele sicher nicht, aber vielleicht das Tempo? Mal sehen, was Cindy dazu meinte.

Als sie die Nachbarwohnung betrat, fand sie ihre Freundin tränenüberströmt vor. Das Zimmer sah aus, als sei eine Bombe eingeschlagen, hätte aber nichts zerstört, sondern nur Stofflagen ausgebreitet.

Dazwischen saß Cindy wie ein Unglücksrabe und schniefte.

„Ich muss den Button für die Bestellung aus Versehen mehrfach gedrückt haben. Was soll ich denn jetzt machen?"

Alana setzte sich zu ihr und legte ihr vorsichtig den Arm um die Schultern. „Immer diese Hamsterkäufe von Leuten, die nie genug kriegen."

Dabei schüttelte sie missbilligend den Kopf. Der Trick gelang, Cindy lächelte wieder.

„Kannst du die Stoffe gebrauchen? Und kannst du sie auch bezahlen?"

Als Cindy zweimal nickte, sah sie sich verstehend um. „Du hast keinen Platz für so viel Material und die schöne Ordnung ist dahin. Du brauchst ein Regal mit einem Vorhang und ich weiß genau, wer dir helfen kann."

„Nein!" Cindy schlug die Hände vor das Gesicht. „Das geht nicht, so wie es hier aussieht."

„Natürlich kannst du das, wir haben doch leere Kästen. Ich helfe dir, das kann ich auch mit Gips."

Als sie fertig waren, sank Cindy in ihre Couchecke. „Danke, du warst meine Rettung!"

Alana nickte nur und war etwas abgelenkt, da ihr Smartphone klingelte.

„Oh du bist es. Wir haben gerade von dir gesprochen, du wirst hier dringend gebraucht."

Cindy hörte den Rest des Gespräches nicht mehr, da sie sich abgewandt hatte. Erst nach einer Weile fragte sie. „Er ruft dich an? Er hat deine Nummer?"

„Ja und?" Alana sagte es leichthin. „Er ist doch dein Ex oder hast du doch noch Interesse?"

Erst als sie Cindys Tränen sah, lenkte sie ein und lachte.

„Er hat dich nicht aufgegeben, er hat dir bloß etwas Zeit gelassen.
Jetzt kommt er nur deinetwegen und bringt ein Regal mit. Ich habe
lediglich ein wenig nachgeholfen. Und jetzt lasse ich euch besser
allein."

Als sich Alana entschieden hatte, wieder regulär in ihrem Büro zu
arbeiten, fiel es ihr erstaunlicherweise leichter als gedacht, einige
Veränderungen im Arbeitsablauf zu organisieren, mehr zu delegie-
ren und sich Freiräume zu schaffen.
Offensichtlich war ich wirklich selbst das Problem, dachte sie etwas überrascht. Eigentlich wollte ich nur meine Wohnung etwas
gemütlicher machen.
Aber jetzt entdecke ich jeden Tag mehr Dinge, die mein Leben
interessanter und schöner machen.
Jan gehörte auch dazu, bisher waren sie noch dabei, sich immer
besser kennen zu lernen und Gemeinsamkeiten zu entdecken.
Und mittlerweile wusste sie auch besser, wovon ihr Cindy vorgeschwärmt hatte.
Denn beim ersten Kuss von Jan war es so, als ob alle Nervenendi-
gungen in ihr, die schon viel zu lange untätig waren, mit einem
Jubelschrei zum Leben erwachten. Sie hatte Gefühle wahrgenommen, von deren Existenz sie bisher nicht einmal gehört hatte. Und
dieser Effekt schien sich zu ihrem Erstaunen auch nicht abzunut-
zen. Selbst Tanzen machte ihr jetzt Spaß. Jan liebte es und ihr als

Tanzmuffel fiel es dennoch erstaunlich leicht, sich dabei in seine Arme zu schmiegen.

Heute Abend würde er zum ersten Mal mit ihr zum Karaoke-Abend kommen. Sie war gespannt, ob sie da auch so toll übereinstimmten. Und als sie und Jan abends gemeinsam mit Cindy, Karsten und den andern auf der Bühne „Ein bisschen Spaß muss sein" schmetterten, da war Alana auch restlos davon überzeug, dass dieser Spaß in ihrem Leben jetzt genau richtig war.

Höre nie auf anzufangen!

„Nein, bitte nicht!" Carolin Werner fuhr panisch aus ihrem Albtraum auf. Noch halb benommen warf sie die durchgeschwitzte
Decke zur Seite und öffnete das Fenster. Frische Seeluft kühlte ihre
heiße Haut angenehm.

„Schon wieder dieser Traum", murmelte sie und wünschte sich
gleichzeitig, es möge wirklich nur ein Traum gewesen sein.

Fünf Monate war es jetzt her, dass sie alles verloren hatte.

Damals war sie voller Erwartung zu einem Wochenend-Seminar
der Handelskammer gefahren.

Es ging um Marketing, da konnte sie eine ganze Menge Anregungen gebrauchen, schließlich war ihre Drei-Frauen-Firma *Leicht &
Lecker* noch ganz am Anfang.

Sie hatte sich auf Catering mit leichten Speisen konzentriert, als sie
ihre Ausbildung zur Köchin und die anschließende Spezialisierung
als Küchenmeisterin abgeschlossen hatte.

Natürlich hätte sie mit ihrem Abschluss in jedem großen Restaurant
arbeiten können, aber die Chance, schon mit 25, mit Mutter und
Großmutter eine eigene Firma aufzuziehen, die eigenen Ideen
verwirklichen zu können, war einfach verführerisch gewesen.

Zum Glück hatten sie gleich am Anfang, richtig große Kunden
gewonnen, die genauso viel Wert auf Qualität und Frische legten,
wie sie. Alles lief gut und im zweiten Jahr dachten sie bereits über

Expansion nach, als sie zu dem verdammten Seminar gefahren war. In dieser Zeit hatte es eine riesige Gasexplosion gegeben, die ihre beiden Liebsten nicht überlebt hatten.

Es gab kein Haus und natürlich auch kein Geschäft mehr.

Als Carolin nach der Rückkehr fassungslos vor der noch rauchenden Ruine stand, war ihr nur das geblieben, was sie auf dem Leib trug und das handgeschriebene Notizbuch ihrer Großmutter, mit Kochrezepten, Tipps und Lebensweisheiten. Auf dem Seminar hatte sie die Rezepte durch gehen wollen, um sie für eine mögliche Veröffentlichung zu prüfen.

Sie wusste nicht, wie lange sie dort regungslos gestanden hatte, immer noch hoffend, dass das alles nur ein böser Traum oder ein Irrtum sei. *Das kann doch nicht sein…* Dieser Satz lief durch ihren Kopf, wie eine endlose Gedankenschleife, bis die Nachbarin sie ansprach. „Kindchen, haben Sie denn jemanden, zu dem sie jetzt gehen können?"

Als Carolin stumm den Kopf schüttelte, nahm Frau Bendokat sie mit zu sich, brachte ihr heißen Tee mit Rum und steckte sie fürsorglich ins Bett. Carolin ließ teilnahmslos alles geschehen.

Als vor einem halben Jahr ihre Hochzeit mit Dominik platzte, weil er sie ausgerechnet mit ihrer besten Freundin betrog, hatte sie das Gefühl, die Welt müsse untergehen. In Wirklichkeit ging der Schmerz schneller vorbei, als sie erwartet hatte. Aber jetzt war etwas Unfassbares geschehen und ihr Kopf weigerte sich einfach, das

Entsetzliche anzuerkennen.

Dieser Zustand blieb mehrere Wochen. Nach außen hin funktionierte sie, regelte die notwendigen Dinge zur Beerdigung ihrer geliebten Menschen, klärte anschließend alle Anforderungen der Versicherungen und arbeitete mit der Polizei zusammen, bis die Ursache der Explosion geklärt war.

Nur leben konnte sie nicht mehr, wozu auch? Manchmal dachte sie sogar, wenn sie nur nicht zu diesem blöden Seminar gegangen wäre, dann hätte sie sie retten können oder wäre wenigsten gemeinsam mit den Menschen gegangen, die sie am meisten liebte.

Und sie fühlte sich schuldig, sie ausgerechnet dann, alleine gelassen zu haben.

In dieser Phase begannen auch die Albträume, die sie keine Nacht schlafen ließen. Dazu die Beileidswelle von Freunden und Bekannten, die sie beinahe erdrückte und mit jeder gut gemeinten Bemerkung den Schmerz wieder aufwühlte.

Sie kannte viele Menschen und fand es auch schön, dass man sich um sie kümmerte, aber mit der Zeit nervte es mehr und mehr, dass man sie ständig daran erinnerte oder wie ein rohes Ei behandelte.

Aber auch mit dem Gegenteil kam sie schwer zurecht.

Immer wenn andere von ihr erwarteten, jetzt endlich abzuschließen und nach vorne zu schauen, hätte sie am liebsten geschrien. Wie könnte sie denn? Wie sollte sie denn nach vorne schauen, wenn alles, was sie je gewollt hatte, hinter ihr lag? Nein, für sie gab es kein vorne, keine Zukunft mehr. Sie war sogar zu einer Therapie gegangen. Aber niemand konnte ungeschehen machen, was passiert war, niemand konnte ihr das riesige Schuldgefühl nehmen, das sie fast erdrückte.

Natürlich hatten ihr die Behörden mehrfach versichert, dass keine Nachlässigkeit in ihrer Firma vorgelegen hatte und die Gasexplosion durch Bauarbeiten auf dem Nachbargrundstück ausgelöst worden war, aber auch das half kaum.

Irgendwann war es einfach zu viel und als Carolin die Entschädigungszahlungen der Versicherungen auf ihrem Konto registrierte, entschied sie sich, die Stadt zu verlassen.

Irgendwohin, wo sie keiner kannte, an einen Ort, wo sie wieder zu sich finden konnte.

Aber wohin? Vielleicht sollte sie die Landkarte nehmen und mit geschlossenen Augen auf einen Punkt tippen?

Da kam ihr ein faszinierender Traum zu Hilfe, in dem sie am Meer war. Das sanfte Rauschen der Wellen tat ihrer Seele gut und immer wenn das Wasser wieder vom Strand zurückwich, war es als würden ihre Sorgen, der Kummer und die Schuldgefühle mitgenommen.

Als sie erwachte, fühlte sie sich erfrischt und energiegeladen, wie schon lange nicht mehr. *Ans Meer*, war alles, was sie dachte und schon am Nachmittag saß sie im Zug Richtung Ostsee.

Das war die richtige Entscheidung!

Jeden Tag war sie stundenlang am Wasser entlang gegangen. Jetzt in der Vorsaison gab es nicht so viele Urlauber, so dass sie sich auch ungestört fühlen konnte. Nur sie und das Meer.

Das Laufen im Sand ermüdete sie zusätzlich und endlich konnte sie wieder etwas schlafen.

Nach zwei Wochen begann sie über ihr weiteres Leben nachzudenken.

Es gefiel ihr hier am Meer, das durch sein beständiges Rauschen die Gewissheit vermittelte, immer da zu sein und nicht einfach zu verschwinden.

Auch das saubere Städtchen sagte ihr zu, die wunderbare, weiße Bäderarchitektur, die nicht so ausladend war, wie in den benachbarten Kaiserbädern, aber liebevoll gepflegt.

Die kleinen Geschäfte, in denen Souvenirs für jeden Geschmack verkauft wurden, aber auch örtliche Künstler Sehenswertes ausstellten.

Sogar für die auf alt getrimmten Straßenlaternen, die mit üppigen Geranien-Töpfen geschmückt waren, konnte sie sich begeistern.

Und natürlich für das Meer. Immer, wenn sie die Seebrücke bis zum Ende lief, den Wind und die Wellen noch stärker wahrnahm, fühlte sie sich unbeschwerter und freier.

Hier spürte sie zum ersten Mal wieder dieses aufregende Gefühl, neu anzufangen. Hier war so viel möglich. Sie könnte sich einen

Job suchen und vielleicht eine kleine Wohnung.

Aber in einer Küche würde sie nie wieder arbeiten, da gab es zu viele Erinnerungen.

Eventuell könnte sie erst mal als Bedienung beginnen? Vielleicht waren ja noch nicht alle Saisonkräfte angereist. Ja, das würde sie machen.

Aber bei dieser Absicht blieb es. Sie konnte sich einfach nicht aufraffen, mit jemandem zu reden oder sich einfach zu bewerben.

Hatte sie nicht nur ihre Lieben, sondern auch ihr Selbstwertgefühl verloren?

Und jetzt auch noch der Albtraum, der wie ein Zeichen war.

Unschlüssig saß sie im Hotelzimmer, das Buch ihrer Großmutter auf dem Schoß.

„Ach Omi", flüsterte sie sehnsüchtig, „wenn du mir doch einen Rat geben könntest."

Da klappte das Buch von ganz alleine auf und auf der ersten Seite stand in deutlicher, blauer Schrift: *Höre nie auf anzufangen! Fange nie an aufzuhören!*

Vor Schreck ließ Carolin das Buch fallen. Was war denn das?

Vorher hatte auf dieser Seite nie etwas gestanden, da war sie sich ganz sicher.

Aber jetzt war es immer noch deutlich zu lesen und schien nicht wieder zu verschwinden. Auch als sie sich dem Buch vorsichtig auf dem Fußboden näherte, um es genauer zu betrachten, stand dieser

Ratschlag immer noch, wie eine direkte Aufforderung.

Als der Schreck nachgelassen hatte, begann sie das Buch fieberhaft zu durchsuchen, aber diese Sätze waren offensichtlich die einzige Veränderung im Buch.

Dennoch schien es ihr wie eine Botschaft, wie eine letzte Verbindung zu den Menschen, die sie so geliebt hatte. Also würde sie einen Anfang machen.

Noch am gleichen Nachmittag bewarb sie sich in einem Café, das laut Aushang noch eine Bedienung suchte.

Die Inhaberin war zwar noch nicht anwesend, aber ihre mögliche Kollegin Rita machte ihr Mut. „Malina aus Polen, die sonst hier gearbeitet hat, ist schwanger und kommt deshalb nicht. Es könnte also klappen. Wir haben zwei Schichten, machen sämtliche Kaffeespezialitäten, mittags einen kleinen Imbiss und verkaufen sonst Kuchen und Torten aus der Backstube, obwohl die Kunden immer sagen, die einzige Sahneschnitte in diesem Laden wäre ich."

Carolin lachte zum ersten Mal seit Monaten. Rita war nett und bestimmt ein Anziehungspunkt für das Café mit ihren dunkelbraunen Locken, der Carmen-Bluse und dem weiten Blumenrock.

„Ich bin hier die Gipsy-Queen." Als sie von Carolin nur verständnislos angeschaut wurde, lachte sie und schüttelte ihre Lockenpracht. „Du bist anscheinend kein Line-Dance-Fan. Das solltest du ändern. Wir haben hier im Sommer jede Menge Country-Feste, zu denen die Leute sogar aus Berlin anreisen."

Als die Inhaberin, Frau Böhme, eintraf, zog sich Rita zurück, steckte aber Carolin einen Zettel mit ihrer Adresse zu.

„Du kannst bei mir wohnen, ich habe noch ein Zimmer frei."

Das Einstellungsgespräch dauerte nicht lange und am Ende hatte sie den Job. Frau Böhme schien noch mehr Leute zu suchen, denn sie erwähnte ein weiteres Café, das aber in der Innenstadt lag.

Als Carolin in das gemütliche Haus von Ritas Oma eingezogen war, gab es nur noch einen Albtraum, denn beim Durchblättern von Omas Buch, war ihr ein Hinweis aufgefallen. *Bei Albträumen klopfe den Traumfänger 5-10 Mal im Walzertakt!*

Carolin verdrehte bei dieser Anweisung zwar ironisch die Augen, klopfte aber brav, die Augenpunkte und die am Schlüsselbein, die auf der Skizze markiert waren. Auch wenn sie es kaum glauben konnte, seitdem schlief sie ungestört und tief, wie ein Baby.

Ihr gefiel auch Ritas kleine Wohnung unter dem Dach, von der sie ein Schlafzimmer und eine gemeinsame, freundliche Wohnküche nutzen konnte.

Jeden Tag ging Carolin am Morgen erst zum Strand und ab Mittag ins Café. Es fiel ihr leicht, den Wünschen der Gäste nachzukommen, weil fast immer eine heitere Atmosphäre herrschte und die Besucher keine Eile hatten.

Das einzige, was sie störte, war das Kuchenangebot. Sie war keine

Bäckerin, aber sie hatten früher bei ihren Catering-Angeboten auch oft Dessert-Wünsche berücksichtigt, die sich auf süße Sünden konzentrierten, dennoch leicht waren und sich zur Freude der Gäste nicht sofort an jeder Hüfte festkrallten.

Aber das, was nach den Rezepten von Frau Böhme gebacken wurde, war zu schwer, zu fett und zu einfallslos, um vor allem die Urlauberinnen erfreuen zu können.

Carolin nahm sich vor das zu ändern, aber Rita warnte sie, da sei mit Frau Böhme nicht zu spaßen. „Wenn du jemanden zum Verkosten brauchst, nimm mich. Ich bin die beste Testperson, denn bei Süßem bin ich so standhaft, wie eine Pusteblume. Natürlich könnte ich auch ohne weiteres ein paar Kilos verlieren, aber ich verliere nicht gerne, ich gewinne lieber!"

Carolin lachte nur, dennoch überlegte sie ständig und suchte nach leichteren Alternativen.

Der Schokokuchen von Frau Böhme schmeckte zwar fantastisch, hatte aber mindestens eine Million Kilokalorien. Vielleicht hatte ja Omas Rezeptbuch etwas zu bieten. Gab es da nicht auch einen Schokoladenkuchen?

Schnell schlug sie die Seiten auf und erstarrte wieder. Das hatte dort vorher nie gestanden!

Carolin wusste genau, dass ihre Großmutter Vollmilchschokolade heiß und innig liebte, aber dieses Rezept verwendete Bitterschokolade mit einem Kakaoanteil von 81%.

Wie kam das Rezept in dieses Buch? Während sie noch überlegte, prüfte sie gleichzeitig, ob sie dafür auch alle Zutaten zur Verfügung hätte. Ihre Lieblingsschokolade war genau richtig, statt Zucker nahm sie wie in Omas Buch empfohlen eine Mischung aus Stevia und Birkenzucker und die Butter wurde durch Mandelmus ersetzt. Dazu noch die Eier getrennt, geschlagen, alles vermischt und dann in den Backofen.

Rita, die an diesem Wochenende frei hatte, wurde von dem Duft regelrecht angezogen und tauchte prompt in der Küche auf. „Das duftet toll! Ist das nur zum Zeigen oder kann man das auch essen?" Carolin grinste nur und servierte ihr ein großes Stück des neuen Schokokuchens.

Rita stöhnte schon beim ersten Bissen genüsslich. „Caro, für diesen Kuchen brauchst du einen Waffenschein. Der ist sowas von lecker, wird aber mit Sicherheit meine Bikini-Figur versauen, oder? Macht aber nichts, wer nackt ins Wasser geht, braucht keine Bikinifigur!" Carolin lachte, schürte aber wieder die Hoffnung. „Ich habe das Rezept entschärft und die Zahl der Kalorien fast halbiert."

„Das ist echt toll, man kann naschen, ohne Angst davor, hinterher hungern zu müssen. Da würden sich unsere Urlauberinnen auch freuen, aber du wirst den doch nicht Frau Böhme zeigen wollen?" Carolin lächelte. „Doch, das werde ich. Mein Kalorienvergleich wird sie überzeugen und wenn sie den Kuchen erst gekostet hat, wird sie hin und weg sein."

„Ich drücke dir beide Daumen", grinste Rita. „Das wirst du mit Sicherheit brauchen, denn wenn dir nicht die Zahnfee, die Ernährungs-Docs oder die Heinzelmännchen helfen, wird sie dich in der Luft zerfetzen. Und sage hinterher nicht, dass ich dich nicht gewarnt hätte."

Und genau das hätte ich auch ernst nehmen sollen, dachte Carolin, als sie völlig geknickt das Büro der Chefin verließ. Da machte man was Tolles und bekam dafür eine kalte Dusche.

„Frau Böhme ist der Meinung, dass ihr Rezept absolut perfekt ist. Etwas daran ändern zu wollen, scheint für sie so zu sein, als wollte ich die Kronjuwelen zum Altstoffhandel bringen", flüsterte sie Rita zu, die sie fragend anschaute.

„Und was machst du jetzt?"

Carolin hob unschlüssig die Schultern und stieß den Atem aus.

„Was soll ich machen? Meine Oma sagte früher immer: Wer nicht will, der hat schon! Also ist der Fall erledigt."

„Schade", flüsterte Rita, aber Carolin hatte sich schon wieder den Gästen zugewandt.

Obwohl sie in den nächsten Tagen so tat, als hätte sie die Sache wirklich abgehakt, nagte die Kränkung immer noch an ihr.

Sie hatte zahlreiche Spezialausbildung durchlaufen, um Essen leichter und bekömmlicher zu machen.

Sie wusste doch genau, wovon sie redete. Aber hier wurden ihr willkürlich Grenzen gesetzt, die sie mutlos machten.

Denn was konnte sie jetzt noch tun?

Wieder einmal saß sie in ihrem Zimmer und blätterte gedankenverloren in Omas Rezeptbuch, das ihr bei diesen pessimistischen Überlegungen, fast aus den Händen sprang und zu Boden fiel.

Auf der ersten Seite stand jetzt:

Ich hätte wetten können, dass du bei deiner Geburt ein Rückgrat hattest. Wo ist es geblieben?

Carolin hob das Buch wieder auf.

Die spontane Äußerung, woher auch immer, schreckte sie nicht mehr, jetzt war sie eher beschämt. „Du hast ja so recht, Omi. Ich muss einen anderen Weg finden, um das durchzusetzen, was richtig ist. Aber dafür brauche ich mehr Proben."

Von da an probierte sie in jeder freien Stunde die unterschiedlichen Möglichkeiten aus, um Kuchen, Plätzchen und Nachspeisen zu entschärfen.

Naschen ohne Reue wurde zu ihrer Devise und sie war sich sicher, dass ihre Ideen für viele Menschen interessant wären. Sie musste nur einen Weg finden, ihre Rezepte und Tipps bekannt zu machen. Aber wie? Vielleicht ein Backbuch?

Als sie aber in der Strandstraße im Buchladen stöberte und die Massen an Koch-und Backbüchern sah, wurde die Idee wieder verworfen.

Eine Backsendung im Fernsehen würde auch nur ein schöner
Traum bleiben, denn dafür war sie nicht prominent genug.

Blieb eigentlich nur das Internet, ein Medium, das Carolin zwar
nutzte, aber mit dem sie sich nicht besonders gut auskannte. Das
musste sie unbedingt ändern. Als sie am Abend wieder Omas Buch
in die Hand nahm und auf eine Ermutigung hoffte, bekam sie die
auch prompt. Auf der ersten Seite erschien das bekannte @-
Zeichen mit einem erhobenen Daumen daneben.
Carolin atmete erleichtert auf und fing an zu planen.

Als erstes brauchte sie jetzt einen leistungsfähigen Laptop, denn ihr
Smartphone würde nicht ausreichen. Sie überlegte. Gab es hier
überhaupt ein Geschäft dafür? Oder besser vielleicht auch jemanden, der darin kompetenter war, als sie.
Rita grinste nur, als sie sie fragte und hob ablehnend die Hände.
„Ich lese meine Mails und poste meine Fotos bei Facebook, aber
das war's auch schon. Wer dir wirklich helfen könnte, ist der Sohn
von Frau Böhme. Falko ist ein richtiger Nerd. Nimm ihm etwas
von deinem Schokokuchen mit, wenn du ihn fragst. Er soll ziemlich verfressen sein, hab ich jedenfalls gehört."

Diesen Eindruck hatte Carolin allerdings nicht, als sie die kleine
Werkstatt über der Garage betrat. Eigentlich hatte sie einen Halb-

wüchsigen erwartet, aber das war ein richtiger Mann, der sie mit wachen grauen Augen aufmerksam musterte.

Sie war froh, dass sie sich umgezogen hatte und jetzt nicht im verschwitzten T-Shirt, sondern einem weißen Sommerkleid mit hellblauen Blumen vor ihm stand.

Das Kleid gab ihr das Gefühl, geschäftsmäßig und kompetent auszusehen und außerdem betonte es ihre blauen Augen.

Er schien das auch so zu sehen, denn er lächelte anerkennend.

Sein Gesicht war nicht unbedingt schmal, aber nett und freundlich.

Als er sich jedoch erhob um ihr einen Platz frei zu räumen, sah sie die mehrlagigen Rettungsringe um Taille und Hüften, die er sicher der Verpflegung seiner Mutter zu verdanken hatte.

Seine Augen leuchteten auf, als er den Schokokuchen sah, aber er stellte ihn standhaft zur Seite, setzte sich zu ihr und hörte ihr aufmerksam zu.

Carolin hatte sich ihre Wünsche vorher gut zurecht gelegt und zählte sie jetzt kurz und knapp auf.

Als sie ihn danach mit angehaltenem Atem erwartungsvoll ansah, nickte er nur und machte ihr einige Vorschläge, die sie im Detail überforderten, aber sicher in die richtige Richtung gingen.

„Ich besorge dir einen leistungsfähigen Laptop zu einem vernünftigen Preis, das ist kein Problem."

„Und den Kanal bei You tube?"

Carolin war schon stolz auf sich, dass sie das wusste.

„Das ist keine Schwierigkeit, den mache ich dir auch.

Bevor du aber nicht 100.000 Abonnenten hast, kriegst du noch keine Einnahmen. Du musst also irgendwelche Sponsoren finden, die dein Material oder deine Zutaten bezahlen. Wie soll denn dein Kanal heißen?"

Carolin lachte. „Natürlich „*Naschen ohne Reue*! Das ist mein wichtigstes Anliegen. Jeder soll Süßes ohne schlechtes Gewissen genießen können. Wer außerdem noch etwas für seine Fitness tut, auch da gibt es Tipps, darf natürlich mehr naschen."

„Das ist echt interessant!" Falkos Augen begannen wieder zu leuchten. „Ich könnte dein Kameramann sein, wenn ich die Ergebnisse vorher oder nachher kosten darf. Vielleicht würde ich dann sogar etwas mehr für meine Fitness machen, nötig hätte ich es ja."

Carolin grinste nur. Das lief besser, als erwartet.

„Also helfen wir uns gegenseitig?"

„So machen wir es. Hand drauf!" Er hatte ziemlich große Hände, aber es war kein unangenehmen Gefühl, ihre Hand in seine zu legen. „Hast du eine Küche für die Aufnahmen oder machen wir das in der Backstube für die Cafés?"

„Äh, nein, deine Mutter weiß davon nichts. Ich hatte es ihr vorgeschlagen und dachte mein Vergleich der Kalorienanzahl, wäre so einleuchtend, aber…"

„Sie hat vermutlich alles abgeschmettert", unterbrach sie Falko.

„Meine Mutter überzeugen zu wollen, ist so, als wolltest du ein

Stachelschwein knuddeln, das ist sinnlos."

„Steigst du jetzt wieder aus?" Carolin sah ihre Chancen schon wieder schwinden, doch er grinste nur und rieb sich das Kinn.

„Wieso denn? Jetzt macht es doppelt so viel Spaß. Wann fangen wir an?"

Anschließend diskutierten sie die Abläufe, wie viel fertige und halbfertige Produkte Carolin vorbereiten sollte, welche Farbe das Geschirr und sogar ihr Kleid haben sollte, damit alles gut erkennbar war.

Carolin seufzte. So viele Dinge, über die sie bisher noch gar nicht nachgedacht hatte. Mit einem vollen Notizblock und einem guten Gefühl machte sie sich auf den Heimweg. Falko schien wirklich ein netter Kerl zu sein. Ob er eine Freundin hatte? Wahrscheinlich nicht. Übergewichtige hatten es schwer in einer Welt, in der fast nur noch Aussehen und Perfektion zählten.

Aber jetzt könnte er ja mit ihrer Hilfe, etwas für seine Problemzonen tun und dieser Doppeleffekt stimmte sie höchst zufrieden.

Auch das Buch ihrer Großmutter bestätigte sie in ihrem Herangehen. Wieder war ein Daumen aufgetaucht und daneben ein grinsendes Smiley, das passte.

Die ersten Dreharbeiten verliefen nicht ohne Komplikationen. Zunächst musste Carolin Rita aus der Küche scheuchen, die unbedingt im Video auftauchen wollte. Danach konnte sie endlich ihr Credo, ihr wichtigstes Anliegen erläutern: *Naschen ohne Reue.*

„Auf Süßes müsst ihr nicht verzichten, wenn ihr es clever genießt. Dafür braucht man es nicht in Massen zu verschlingen, sondern sollte es einmal am Tag stilvoll zelebrieren, als der verdiente Höhepunkt. Nur wer sich Süßes nicht verbietet, sondern regelmäßig isst, vermeidet den schlimmen Süßhunger, der euch dann ganze Pralinenkästen verschlingen lässt."

„Das kenne ich", rief Falko aus dem Hintergrund.

Carolin ließ sich nicht stören, sondern setzte passend fort.

„Du kennst das und eine Million andere auch. Deshalb wollen wir daran etwas ändern und euch die Dinge vorstellen, die von heute an euer Leben leichter machen. Süßes muss ja nicht automatisch Tausende von Kalorien, viel Fett und Massen an Zucker bedeuten, denn genau daran sparen wir und es wird dennoch oberlecker schmecken."

Bis dahin lief alles gut, als sie aber begann, den ersten schlanken Schokokuchen zu rühren, wurde sie ständig von Falko unterbrochen, der die einzelnen Arbeitsschritte genauer angesagt haben wollte.

Alles, was Carolin sonst mit links und nebenbei machte, sollte sie jetzt in winzigen Schritten erklären? So ein Blödsinn!

Genervt setzte sie sich auf einen Stuhl und stützte maulend den Kopf in die Hände. Falko justiert gelassen seine Geräte und ließ sie schimpfen. Dann setzte er sich ihr ruhig gegenüber.

„Stell dir vor, ich will deinen Kuchen nachbacken, habe aber überhaupt keine Ahnung wie ich das machen soll, also coachst du mich. Ich bin jetzt dein Ansprechpartner, stellvertretend für die vielen Zuschauer."

Und genauso klappte es auf einmal viel besser. An einigen Stellen meldete er sich sogar aus dem Hintergrund und sie antwortete schlagfertig.

Einmal rief er: „Hast du gerade erklärt, dass das, was wie Zucker aussieht und auch so schmeckt, keine Kalorien hat?"

„Das stimmt", grinste Carolin. „Mit Sweet Care kannst du nicht mehr behaupten, dass die Kalorien kleine Tierchen sind, die nachts deine Kleider enger genäht haben."

Das würde den Usern bestimmt gefallen. Carolin gefiel es auch, aber erst hinterher, als Falko noch einiges geschnitten hatte und sie noch ein paar witzige Abschlussbemerkungen machen ließ.

Danach war sie einfach fertig, am liebsten hätte sie sich jetzt in ihrem Bett zusammen gerollt. Das Ganze schien zu Schwerstarbeit auszuarten. Aber Falko, der ungerührt den halben Kuchen verputzt hatte, zog sie hoch.

„Wie hast du so vorhin so schön gesagt: *Nach dem Essen bloß nicht ruhn, lieber 1000 Schritte tun.* Und die machen wir jetzt."

„Das war doch nur willkürlich", protestierte Carolin. „Eigentlich sollten es besser 10.000 sein."

„Und auch das ist willkürlich", grinste Falko. „Damit war das Netz mehrere Wochen beschäftigt und jeder weiß, dass die Japaner damit nur den ersten transportablen Schrittzähler vermarkten wollten. Also keine medizinische Studie, sondern nur Werbung."

„Dennoch hat es die WHO als Empfehlung übernommen", konterte Carolin. „Aber es ist toll, dass du dich so auskennst."

„Nur theoretisch", wandte Falko grienend ein. „Für die Praxis bist du zuständig."

Das war der Auftakt für einen längeren Spaziergang, den sie von da an nach jeder Aufnahme einlegten. Carolin fand es angenehm mit ihm zu gehen, zwar nicht so schnell, wie sie sonst gegangen wäre, aber er schnaufte nicht und protestierte nicht, sondern unterhielt sie mit kleinen Anekdoten aus seinem Alltag.

„Eigentlich kommst du mir überhaupt nicht vor, wie ein typischer Nerd", stellte sie fest, als sie gerade eine kleine Anhöhe erklommen hatten.

„Wie kommst du darauf, dass ich ein typischer Nerd sei?"

„Na ja", grinste Carolin. „Du sitzt den ganzen Tag am Computer, wohnst bei deiner Mutter…"

„Da irrst du dich gewaltig", unterbrach sie Falko. „Meine Mutter wohnt bei mir, das Haus gehört mir. Auch die Bäckerei und die Cafés."

Carolin blieb ruckartig stehen. „Das gehört dir? Wie alt bist du denn?"

Falko lachte. „Ich bin ein knappes Jahr jünger als du, aber das Alter hat damit nichts zu tun. Ich entwickle Computerspiele und hatte schon beim ersten ziemlich viel Glück. Das habe ich in die USA verkauft und dann damit die Häuser bezahlt."

„Wow!" Carolin war sprachlos, hatte sie einen neuen Mark Zuckerberg oder Bill Gates vor sich?

„Na ja, die Immobilienpreise waren damals noch ziemlich niedrig. Mein Vater war gerade nach einer sehr langen Krankheit gestorben und meine Mutter brauchte eine neue Perspektive. Sie hat dann ihre ganze Energie in die Cafés und die Backstube gesteckt, das war auch ein ziemlicher Kampf gegen die Konkurrenz. Vielleicht ist sie deshalb so eigen mit ihren Rezepten."

Carolin zuckte mit den Schultern. „Schon möglich. Aber irgendwann muss sie es begreifen oder die Kundschaft geht woanders hin."

„Lassen wir ihr einfach noch ein bisschen Zeit. Ich habe das Video schon hochgeladen, du kannst deine Likes und Kommentare zählen und dir Gedanken für das nächste Mal machen. Gibt es da auch etwas Tolles?"

„Natürlich", lachte sie. „Ganz klassisch: Vitamine und Naschen." Enttäuscht sah er sie an. „Ist es das, was ich denke?"

„Natürlich nicht", grinste sie. „Wir machen Schokoobst und im 2. Teil ein paar Übungen für die Körpermitte."

Carolins erstes Video wurde im Netz wohlwollend aufgenommen, aber auch nicht mehr. Es gab ein paar begeisterte Kommentare, aber weniger, als sie erwartet hatte. Wahrscheinlich hatten einfach noch nicht genügend Naschkatzen ihr Angebot gefunden. Sie würde sowieso weiter machen. *Höre nie auf anzufangen! Fange nie an aufzuhören!*

Das hatte damals auf der ersten Seite des Buches gestanden und daran würde sie sich halten.

Im zweiten Video tauchte sie natürlich nicht einfach geschnittenes Obst in geschmolzene Schokolade, sondern gab dazu noch einige Gewürze, die die User in Ekstase versetzen würden, wie ihr Falko versicherte.

Sie schätzte sein Tipps und Hinweise, schließlich kannte er sich in diesem Medium besser aus, als sie. So nannte sie jetzt schon am Ende des Videoclips das Thema des nächsten, um sich die Aufmerksamkeit der Nutzer zu sichern und sie neugierig zu machen oder auch etwas zu verändern. Wie die Yoga-Übungen, die Carolin schon in der Ausbildung als Gegengewicht zu den vielen köstlichen Versuchungen begonnen hatte und die sie jetzt intensivierte. Bei einigen Usern kamen sie gut an, bei anderen hingegen nicht.

Deshalb beschlossen sie auch einen Clip bei einem Strandlauf zu drehen. Nachdem Falko die Aufnahmen im Kasten hatte, legte er zu Carolins Überraschung die Kamera in einen Strandkorb und folgte ihr im gleichen Tempo.

Er schien wirklich wild entschlossen, seine Kondition zu verbessern, denn auch an den folgenden Tagen lief er entschlossen ihre gewohnte Strecke mit. In seiner Werkstatt hatte Carolin auch schon Hanteln entdeckt. Er hatte sie zwar schnell zur Seite geschoben, aber offensichtlich doch schon häufiger benutzt.

Vermutlich machte er auch noch andere Übungen, denn obwohl er regelmäßig die Kostproben naschte, schien er deutlich abgenommen zu haben.

Auch wenn es langsam vorwärts ging, fand Carolin ihre neue Aufgabe sehr erfüllend. Ob das wohl auch an Falko lag? Irgendwie konnte sie sich gar nicht mehr vorstellen, wie es vorher ohne ihn war. Sie harmonierten gut in ihrer Freizeit, sie war sogar schon einmal mit ihm zum Line Dance gegangen. Auch er schien genau wie Rita ein Riesenfan zu sein. Und der Stetson und die Lederweste standen ihm auch wirklich gut.

Sie harmonierten aber vor allem vor der Kamera.

Sie wurde nicht müde, ihre Rezeptideen anzupreisen und Starthilfe für entspanntes Naschen zu geben, während er die möglichen Fragen von Nutzern schon vorweg nahm.

Gerade hatte sie eine entschärfte Mousse au Chocolat und Joghurt-Minz-Eis produziert und erklärte: „Diese Köstlichkeiten solltet ihr nicht so nebenbei in euch hineinstopfen, sondern sie genießen.

Dann braucht ihr auch nicht die ganze Schale, sondern könnt sie mit eurem Liebsten teilen."

„Aber manchmal hat man das einfach nicht unter Kontrolle", tönte Falkos Stimme aus dem Hintergrund.

„Dann ist plötzlich die Schüssel leer und ich könnte schwören, dass ich das nicht war."

Carolin hatte ihm so aufmerksam zugehört, als ob ein User angerufen hätte.

„Und was machst du dann?"

„Dann finde ich, dass ich der allerletzte Loser bin und es sowieso keinen Zweck hat, also esse ich weiter."

Jetzt lächelte sie. „Da kannst du natürlich auch anders reagieren, denn das ist ganz klar ein Biathlon-Fall."

„Was hat denn Naschen mit Wintersport zu tun?"

Falkos Stimme klang ziemlich misstrauisch.

Carolin lächelte beruhigend. „Keine Sorge, ich will keinen von euch auf den Arm nehmen. Aber jeder weiß, wenn ein Biathlet daneben geschossen hat, wirft er sich nicht hin und gibt auf, sondern läuft sofort eine Strafrunde und der Wettkampf geht weiter.

Wenn ihr auch einen Fehlschuss gelandet habt, dann quält euch nicht mit einem schlechten Gewissen, sondern lauft eine Extrarunde oder schnappt euer Fahrrad oder die Hanteln und dann geht es weiter."

Nachdem Carolin etwa ein Viertel ihrer Rezeptideen abgearbeitet hatte, schien der Knoten zu platzen. Plötzlich hatte sie jede Menge Abonnenten und sogar das Angebot eines Schokoladen-Herstellers, sie zu sponsern.

Als sie sich darüber wunderte, klärte Falko sie auf. „Ich habe ein kleines Spiel kostenfrei ins Netz gestellt und es mit deinem Kanal verlinkt. Jetzt wissen einfach mehr Leute Bescheid."

Sie sah ihn noch staunend an, als er sie wieder einmal mit diesem besonderen Grinsen überraschte. Das Verziehen seiner Lippen, das Blitzen seiner Zähne in dem braungebrannten Gesicht, war an sich nichts Besonderes. Dennoch löste es ein seltsames Flattern in ihrer Magengegend aus.

Das war nicht das erste Mal, dass sie ihn mit anderen Augen betrachtete. Wenn er morgens mit ihr am Strand entlang joggte und sie sah, wie sich seine Figur gestrafft hatte, musste sie schon manchmal begehrliche Gedanken verdrängen.

Er war doch nur ein Kumpel, verdammt noch mal!

Aber er wuchs ihr jeden Tag mehr ans Herz. Am liebsten hätte sie ihn jetzt für diese tolle Aktion umarmt, aber sie traute sich selbst nicht mehr genügend. Was war nur mit ihr los?

Rita war ihre sonderbare Stimmung auch schon aufgefallen.

„Wenn ich es nicht besser wüsste, würde ich vermuten, du hast dich verliebt? Du wirst rot, also steckt mehr in dem kleinen Nerd, als ich dachte."

„Nein, natürlich nicht", wehrte Carolin ab. „Er ist einfach ein guter Freund, mehr nicht. Außerdem ist er jünger als ich."

Jetzt lachte Rita laut. „Und du fühlst dich wie ein Kinderschänder, bloß weil er ein paar Monate jünger ist, als du. Er war in der gleichen Klasse, wie meine Schwester, ich kenne also sein Alter."

„Du hast ja recht, aber es ist irgendwie komisch."

„Du spinnst wirklich. Stell dir vor, wenn du 100 bist, ist er gerade 99,5. Was für ein Riesenunterschied!"

Als der Sommer zu Ende ging und ihr Vertrag als Saisonkraft auslief, musste Carolin wieder eine Entscheidung treffen. Am liebsten würde sie bleiben, leider ging das wohl nicht. Aber sie konnte sich auch nicht so einfach trennen, nicht von diesem hübschen Städtchen am Meer, nicht von ihrer Freundin Rita und vor allem nicht von Falko.

Sie fühlte sich wohl in seiner Gegenwart und sie vertraute ihm. Er war der einzige, dem sie alles über die Explosion erzählt hatte und wie sie immer noch um ihre Mutter und Großmutter trauerte.

Sie waren wirklich gute Freunde geworden und dennoch dachte sie häufiger darüber nach, wie es wäre, von ihm so angesehen zu werden, als wären sie mehr als gute Freunde.

Aber wenn er gar nicht so empfand wie sie? Wenn ihm solche Gefühle peinlich wären? Lohnte es sich für einen ungewissen Ausgang eine so tolle Freundschaft zu riskieren?

Wie immer, wenn sie sich so unsicher war, nahm sie das Rezeptbuch ihrer Großmutter zur Hand.

Und auch diesmal gab es genau den richtigen Hinweis.

Versuche es einfach! Wenn Plan A nicht funktioniert, keine Sorge, das ABC hat noch mehr Buchstaben.

Genau das werde ich auch tun, entschied sich Carolin. Nach dem nächsten Dreh, gehe ich das Risiko einfach ein.

Auch Falko war am Grübeln. Dieser Sommer war der schönste in seinem Leben gewesen, er war so gerne mit Caro zusammen, hatte sich aber nie gewagt, mehr zu versuchen. Sie war wirklich ein besonderer Mensch, aber für ihn leider tabu.

Bisher hatte er keine großen Erfolge bei Frauen zu verzeichnen, die meisten hatten sich nur abfällig über sein Gewicht geäußert.

Nicht so Caro, sie hatte ihn nicht nur ernst genommen, sondern ihm auch wirklich geholfen. Und jetzt würde sie bald wieder gehen. Es sei denn…

Er kratzte sich am Hinterkopf, während sein Gehirn schneller arbeitete, bis sich seine Lippen zu einem Lächeln verzogen.

Höchste Zeit für ein Gespräch mit seiner Mutter.

Als Carolin in das Büro von Frau Böhme gerufen wurde, ging sie in Gedanken die letzten Stunden durch. Hatte sie irgendwo einen Fehler gemacht?

Auch Rita zuckte nur ratlos mit den Schultern, also ging sie mit einem mulmigen Gefühl. Aber die Chefin war ausgesucht nett, lud sie zu einer Tasse Kaffee ein und unterbreitete ihr einen Vorschlag, den Carolin kaum glauben konnte.

„Ich habe mir Ihre Rezepte noch einmal vorgenommen und auch einiges nachgebacken. Sie sind wirklich gut. Ich sehe auch, was Sie bei meinem Sohn bewirkt haben und ich bekomme auch mit, wie die Leute auf ihren Kanal reagieren, deshalb möchte ich, dass Sie bei uns bleiben und für die nächste Saison dieses Café an der Strandstraße führen. Natürlich mit allen Ideen, die Sie bei *Naschen ohne Reue* entwickelt haben. Was halten Sie davon?"

Carolin lachte erleichtert auf. „Ganz ehrlich? Ich bin sprachlos. Damit hatte ich wirklich nicht gerechnet. Aber ja, das würde ich gerne machen."

„Dann lassen Sie uns kurz durchgehen, was machbar wäre."

Während Frau Böhme bereits zu notieren begann, stellte Carolin überrascht fest, wie kreativ ihre bisher strenge Chefin sein konnte.

In aller Kürze hatten sie die wichtigsten Aufgaben zusammengestellt, wie die Umgestaltung des Cafés, der neue Name *Naschen ohne Reue* und die passende Website.

Wenn dann der bisherige Lagerraum umgebaut wäre, könnte Carolin dort nicht nur die Videoclips drehen, sondern auch direkt Kurse für die Zubereitung geben.

„Diese Ideen stammen natürlich in erster Linie von meinem Sohn", erklärte Frau Böhme mit einem Lächeln. „Ich glaube, es ist ihm sehr wichtig, dass Sie bleiben. Er war noch nie so verliebt und wartet sicher ganz gespannt im Garten auf Ihre Entscheidung."

Als Carolin noch immer etwas benommen, die Außentür öffnete, stand Falko im Garten, betrachtete sie aufmerksam und öffnete dann zögernd die Arme.

Carolin stürzte sich hinein und kuschelte sich an ihn.

„Dass meine Mutter sowas vorschlägt, hättest du nicht für möglich gehalten oder?"

„Nie im Leben", seufzte Carolin. „Und das mit uns auch nicht."

Er lachte nur und zog sie enger an sich. „Ist dir das noch nicht aufgefallen? Bei uns ist alles möglich." Und dann küsste er sie endlich.

Ohne mich!

„Schluss, aus, ich will nicht mehr!"

Marianne Hinze war fertig mit der Welt und den Menschen.

Jahrelang hatte sie auf alles verzichtet und ihre Eltern gepflegt, die wirklich alles andere als pflegeleicht waren.

Dafür war sie früher aus dem Beruf ausgeschieden, um sich mehr oder weniger freiwillig in die Isolation zu begeben.

Sie war eigentlich immer eine brave Tochter gewesen und hatte sofort nachgegeben, wenn der strenge Vater wie so oft anderer Meinung war. Damals als Marianne einen Beruf erlernen wollte, der mit Tieren zu tun hatte, am liebsten im Tierpark, reichte ein strenger Blick von ihm aus. „Natürlich wirst du die Buchführung erlernen, genau wie ich. Dann kannst du später das Geschäft weiterführen."

Zum Glück klappte das nicht, denn als ihr Vater endlich nach langen Jahren aus dem Beruf ausschied, tat er das höchst unwillig.

Aber da sein Sprechvermögen nach einem Schlaganfall stark eingeschränkt war, blieb ihm keine andere Wahl.

Und schon kurze Zeit danach brauchten er und ihre Mutter nach beginnender Demenz intensive Pflege, für die natürlich keine Pflegekräfte von außen, sondern nur die eigene Tochter in Frage kam.

Sechs lange Jahre hatte Marianne, die Demütigungen, die Extrawünsche und die zunehmende Bösartigkeiten des Vaters ertragen.

Als beide kurz nacheinander starben, fühlte sie sich, wie aus dem Gefängnis entlassen.

Sie könnte einen neuen Anfang machen, aber kannte sie die Welt da draußen überhaupt? Ein einziges Mal hatte sie rebelliert und gegen den Willen ihres Vaters geheiratet und natürlich hatte er recht gehabt, die Ehe ging schief. Wusste sie eigentlich genug, um alleine zurecht zu kommen?

Nachdem sie die Firma mit Hilfe des Familienanwaltes verkauft hatte, war jetzt die Gelegenheit ein neues Leben zu beginnen, aber wie? Marianne kannte niemanden, außer dem Hausarzt und den Verkäuferinnen in den Läden, in denen sie regelmäßig einkaufte, und auch die nur vom Sehen.

Finanziell war sie gut versorgt, sie brauchte bis zum Erreichen des Rentenalters und auch danach nicht mehr zu arbeiten.

Aber irgendetwas musste sie doch mit ihrem Leben anfangen können? Sie überlegte ständig, hatte dabei aber immer noch den einschränkenden Gedanken im Hinterkopf, ob man ihr das, was sie wollte, auch erlauben würde.

Nein, das musste sie jetzt nicht mehr bedenken, rief sie sich innerlich zur Ordnung. Jetzt könnte sie sich doch langgehegte Wünsche erfüllen, vielleicht Reisen?

Aber alleine, das wäre doch zu unsicher. Vielleicht ein Haustier, das sie nie haben durfte? Einen Hund vielleicht?

Ein entzücktes Lächeln huschte über ihr schmales Gesicht. Ein Hündchen wäre schön!

Aber leider sah das die Verantwortliche im Tierheim völlig anders. „Sie haben noch nie ein Haustier gehabt und wollen jetzt mit 60 damit beginnen? Und wenn Ihnen was passiert? Die Jüngste sind Sie ja auch nicht mehr. Da kann ich Ihnen kein Tier überlassen, die Verantwortung kann ich nicht übernehmen."

Niedergeschmettert machte sich Marianne auf den Heimweg. Sie hatte nicht einmal versucht, zu widersprechen, denn die Frau wusste ja wohl, was sie tat, im Gegensatz zu ihr.

Es kam ihr auch gar nicht in den Sinn, sich einen Hund zu kaufen, sie hakte das Thema einfach ab.

Sie würde etwas anderes finden, dass ihr Freude machte, wobei es ihr schwergefallen wäre, diese Freude zu definieren.

In der Lokalzeitung hatte sie von einem Seniorenchor gelesen, der ganz in der Nähe übte. Jeder der Spaß am Singen hätte, könne einfach vorbeikommen. Das tat Marianne. Da sie niemanden kannte, blieb sie zunächst bescheiden am Rand stehen, während sich die Frauen lautstark begrüßten und umarmten.

Als sie dann von der Leiterin vorgestellt wurde, Platz nahm und das erste Lied mitsang, drehten sich automatisch alle Gesichter zu ihr, teils geschockt, teils belustigt.

Damit war die Veranstaltung für sie zu Ende. Die Leiterin, die bei

Mariannes Gesang fast in Tränen ausgebrochen war, legte ihr nahe, sich doch besser ein anderes Hobby zu suchen. Eine der Frauen formulierte es deutlicher. „Es klang wie eine Katze mit Zahnweh."

Auch die nächste Erfahrung verlief nicht glücklicher, denn bevor Marianne ihre möglicherweise verborgenen Talente bei der Seidenmalerei entdecken konnte, hatte sie durch eine unglückliche Bewegung an der Tischplatte die Hälfte der Farbtöpfe umgeworfen. Also wieder nichts.

Auch das Tanzen schien nicht ihr Metier zu sein, obwohl sie den orientalischen Bauchtanz ganz interessant fand. Allerdings gab es da zwei unüberwindliche Hindernisse. Zum einen wollte Marianne nicht so ohne weiteres ihren 60-jährigen Bauch zeigen und außerdem bescheinigte ihr die Cheftänzerin nur die Grazie eines Nilpferdes.

Marianne war enttäuscht, doch nicht so sehr, um wirklich aufzugeben.

Als sie aber noch einen Strickkurs, einen Kochkurs und einen Bowlingtreff begonnen und wieder abgebrochen hatte, war sie der festen Überzeugung geworden, der talentloseste Mensch der Welt zu sein.

Offensichtlich waren alle diese Gaben, die Menschen anziehend und interessant machten, oder sie zu staunenswerten Leistungen befähigten, an ihr vorbeigegangen.

Niemand aus all den Gruppen, in die sie sich mit dem letzten Rest

Mut, den sie besaß, gewagt hatte, wollte weiter mit ihr in Kontakt bleiben.

Wie ein Mauerblümchen hatte sie oft am Rand gestanden oder war einfach übersehen worden.

Dabei fehlte es ihr wirklich, einfach mit jemandem zu reden.

Sie hatte sogar schon mal geplant, sich eine *Alexa* zuzulegen, bis sie mit endlich mitkriegte, dass diese blöden Dinger nicht wirklich ein Gespräch führen konnten, sondern nur vorgefertigte Antworten wiederholten.

Ihre einzige Freude war und blieb der Tierpark, jetzt ganz besonders. Jeden Tag führte ihr Weg schon am Vormittag in diese Richtung. Sie hatte sich eine Jahreskarte zugelegt und nutzte sie auch weidlich aus.

Ob Regen, Wind oder Sonnenschein, die Tiere machten jeden Tag für sie golden. Sie verbrachte unzählige Stunden in dem großzügig angelegten Landschaftspark. Es waren nicht die niedlichen Äffchen, die tapsigen kleinen Elefanten oder die putzigen Löwenkinder, die sie anzogen, sondern eher die Tiere, die weniger Besuchersympathie erhielten, wie die Flusspferde, die Schlangen und Echsen, das Erdferkel und das Faultier.

Mit ihnen fühlte sie sich auf eine eigene Art und Weise verbunden und sie achtete darauf, jeden Tag bei ihnen vorbeizuschauen, auch wenn sie oft die einzige Besucherin war.

Zuweilen hatte sie auch den Eindruck, diese Tiere würden ihr etwas mitteilen, was sie aber nicht bis ins letzte verstehen konnte, aber sie wusste auch so, sie waren einsam, genau wie sie.

Als plötzlich eine unbekannte Krankheit das Land überrollte, wurde eine Kontaktsperre verhängt. Aber das störte Marianne kaum, sie hatte sowieso keine Kontakte, welcher Art auch immer.
Sie deckte sich, wie andere auch, mit zu vielen Dingen ein, die sie für notwendig hielt und machte einfach weiter.

Als aber auch der Tierpark seine Pforten für die Besucher schloss, fiel Marianne in ein tiefes Loch. Ihre letzte Verbindung zum Leben war damit gekappt und sie wurde von Tag zu Tag schwermütiger.
Alles erschien ihr grau und sinnlos.
Was sollte sie jetzt noch hier? Niemand brauchte sie. Mit Sicherheit würde sie auch niemand vermissen, wenn sie nicht mehr da wäre. Also könnte sie auch einfach Schluss machen!
Wie genau, wusste sie noch nicht, möglichst schmerzfrei und unblutig, aber darüber würde sie noch nachdenken müssen.
Eine Zeitlang hatte sie mit dem Gedanken geliebäugelt, die neue Krankheit würde sie dahin raffen, aber die Vorstellung möglicherweise ersticken zu müssen, schreckte sie wieder ab.

Am liebsten wäre es ihr gewesen, sie könnte sich wie die alten Indianerhäuptlinge, von denen sie früher gelesen hatte, einfach hinle-

gen, mit dem festen Willen, dieses Leben selbstbestimmt abzuschließen. Bei diesem Gedanken nickte sie sich innerlich zu. Ja, so
würde sie das machen. Allerdings müsste sie das vorbereiten und
sicher auch noch einiges bedenken.

Sie brauchte ein Testament, denn darin wollte sie den Tierpark bedenken und ganz besonders die armen Tiere, an denen sie so hing.

Dann müsste das ganze Haus in Ordnung gebracht und gründlich
geputzt werden, was sollten denn sonst die Leute denken?

Marianne stöhnte. „Das ist eine Menge. Ich wollte ja nicht die
Weltrevolution planen, sondern nur mein geregeltes Ableben",
murmelte sie.

Sie führte häufig Selbstgespräche. Das sollte gut sein für das Gehirn, hatte sie gelesen und außerdem konnte sie so sicher sein, dass
ihren Vorschlägen wenigstens einer zustimmte.

In den nächsten Wochen war sie beschäftigt, denn es brauchte einige Zeit, das Testament mit dem Familienanwalt abzustimmen. Und
natürlich drängte er sie auch noch eine Patientenverfügung, eine
Betreuungsvollmacht und andere Unterlagen zu hinterlegen.

Auch das Haus verlangte ihr einiges ab. Bisher hatte sie sich nicht
getraut, die Sachen ihrer Eltern zu entsorgen, so als ob ihr der
strenge Vater dabei missbilligend über die Schulter schauen würde.

Aber jetzt begann sie ernsthaft damit.

Säckeweise wanderten die Anziehsachen in die Altkleidersammlung und die geheiligten Unterlagen ihres Vaters, die er sicher seit seinem ersten Federstrich gehortet hatte, landeten im Altpapier.

Einige schöne Dinge ihrer Mutter brachte sie zu einem Oxfam-Laden, der noch Sachen annahm.

Alles andere füllte unzählige Säcke und Kartons, die Marianne zur Deponie der Stadtreinigung fuhr.

Die mehrstündige Wartezeit, die dabei anfiel, betrachtete sie gelassen, sie hatte ja Zeit.

Allerdings wunderte sie sich darüber, wie viele Menschen gerade jetzt ausräumten und Ordnung in ihr Leben brachten.

Hatten die alle das gleiche Ziel, wie sie? Irgendwie fühlte sie sich dadurch etwas getröstet, sie schien Teil einer größeren Gemeinschaft zu sein, als sie bisher wahrgenommen hatte.

Als alles geräumt war, verbrachte sie wieder mehrere Tage damit, die Fenster zu putzen, die Gardinen zu waschen, die Böden zu wischen und gründlich zu lüften, bis sich das ganze Haus frischer anfühlte und sie freier atmen konnte.

Bei der vielen Arbeit, die sie voll und ganz forderte, hatte Marianne fast den Anlass vergessen, weswegen sie sich so bemühte, denn die ganzen Aktivitäten ließen sie sich so viel lebendiger fühlen.

Aber die depressiven Phasen kamen zurück, als die Arbeit beendet war. Dazu kamen noch die vielen negativen Nachrichten im Fernsehen, die ihr den letzten Schritt irgendwie leichter machten.

Diese Welt wurde immer verrückter, immer unsicherer.

Ohne mich! Ihr Entschluss stand fest. Eigentlich hätte sie jetzt schon zum Finale schreiten können, wenn nicht die Nudeln gewesen wären. Sie hatte nahezu alle Vorräte aus ihrer Speisekammer verbraucht, aber da waren noch mehrere Nudelpakete im Regal, die sie vorwurfsvoll anstarrten.

Marianne verfluchte sich dafür, dass sie sich beim Einkaufen von der allgemeinen Panik hatte anstecken lassen. Jetzt musste sie mindestens noch eine Woche Nudeln essen, bis ihre Vorräte verbraucht waren.

Einfach etwas wegzuwerfen, das widersprach ihrer strengen Erziehung. Also aß sie brav alle Nudeln auf, bevor sie den entscheidenden Schritt tun würde.

Den würde sie dann am kommenden Mittwoch gehen, da war sie sich sicher, denn am Dienstag endete ihre Lieblingsserie im Fernsehen und den Abschluss wollte sie sich noch gönnen.

Der entscheidende Tag hätte nach Mariannes Vorstellung etwas dramatischer, mit Regen oder Sturm beginnen sollen, stattdessen gab es blauen Himmel und strahlenden Sonnenschein. Marianne hatte trotz ihres Vorhabens ziemlich ruhig geschlafen und bereits geduscht, setzte sich aber nicht wie üblich an den Frühstückstisch, sondern bezog ihr Bett frisch und zog ein neues Nachthemd an.

Vor dem Spiegel im Bad gelang es ihr, das Haar fast wieder so zu frisieren, wie es ihr die Frisörin früher geföhnt hatte. Sie schob eine graue Strähne ihrer halblangen Haare hinter die Ohren und betrachtete ihr Gesicht im Spiegel. Ihre grauen Augen wirkten irgendwie besorgt. Vielleicht machte sie sich zu viele Gedanken, aber so wie sie jetzt aussah, würde man sie später finden. Hoffentlich blieb ihr Mund geschlossen und sie würde nicht im Schlaf das ganze Kissen vollsabbern. Wie peinlich wäre das denn!

Nachdem sie wieder im Bett lag, fiel es ihr enorm schwer, zur Ruhe zu kommen. Sie war auch überhaupt nicht müde, schließlich hatte sie die ganze Nacht ruhig geschlafen.

In Gedanken ging sie noch einmal ihre Vorbereitungen durch.

Das abgezogene Bettzeug, ihr Nachthemd und die Unterwäsche hatte sie noch in die Waschmaschine gepackt.

Aber die würde sich ja alleine ausschalten, hoffentlich!

Nach einiger Zeit knurrte ihr Magen vernehmlich.

Sie verzog unwillig das Gesicht. Ihr Körper schien sich des Ernstes der Lage nicht bewusst zu sein. Sie war innerlich dabei, sich von diesem Leben zu verabschieden, wer hatte denn in so einem Moment Hunger?

Nachdem sie sich nahezu drei Stunden im Bett hin- und her gedreht hatte, musste sie zur Toilette. Sie erstarrte, wieder etwas, was sie nicht bedacht hatte. Wenn sie nicht gehen würde und später alles in ihrem Bett landete? Nein, das auf keinen Fall!

Seufzend rollte sie sich aus dem Bett und ging ins Bad. Aber auch danach sank sie nicht in den erwarteten endlosen Schlummer, aus dem sie nie wieder aufwachen wollte.

Dagegen zogen ihr alle möglichen Schreckensmeldungen durch den Kopf. Am schlimmsten war die Frage: Würde man sie überhaupt finden? Sie hatte gelesen, dass manche Menschen mehr als ein halbes Jahr tot in ihrer Wohnung gelegen hatten, weil niemand sie vermisste.

Vor Schreck setzte sich Marianne in ihrem Bett auf. Sie hatte niemandem etwas gesagt, also würde auch keiner nach ihr suchen.

Oh, nein, was für ein Schlamassel!

Genau in diesem Moment hörte sie ein Winseln und ein leichtes Pochen an der Tür, die zum Garten hinter dem Haus führte.

Zuerst hielt sie das für Halluzinationen, immerhin hatte sie noch nichts gegessen.

Aber das Geräusch blieb und wurde stärker. Stöhnend rappelte sie sich hoch. Nicht einmal Sterben konnte man ungestört!

Andererseits schien es ein Tier zu sein, das Hilfe brauchte, da konnte alles andere warten.

Mit bloßen Füßen tappte sie zur Hintertür und öffnete sie vorsichtig. Aber nicht vorsichtig genug, denn wendiger als erwartet, drängte sich ein ziemlich übergewichtiger Basset-Hund herein und streckte ihr seine Vorderpfote entgegen. Er sah sie mit seinen traurigen Augen an, während die Ohren noch deprimierter nach unten hingen, als bei anderen Hunden seiner Rasse.

Marianne kannte ihn nicht, bemerkte aber, dass er verletzt war.

„Ach, du Armer!" Sie öffnete die Tür weit und schaute hinaus.

Aber der Hund schien ohne Begleitung zu sein und sah sie immer noch mitleidheischend an.

Sie seufzte. „Du guckst so, wie ich mich fühle."

„Aber ich habe einen Grund dafür und du nicht!" Erschrocken drehte sich Marianne um. Wer hatte denn jetzt gesprochen? Hier war doch niemand. Misstrauisch schaute sie den Hund an, der aus seinen traurigen Augen zurückblickte und wieder die Pfote hob.

Egal ob Halluzination oder nicht, sie musste helfen.

Sie setzte ihre Brille auf und untersuchte die Pfote.

„Du hast dir einen Dorn eingetreten, mein Junge. Aber den kann ich entfernen."

Als sie sich umdrehte, um aus dem Bad eine Pinzette zu holen, hörte sie wieder etwas murmeln. *„Na endlich, deswegen sitze ich doch schon die ganze Zeit vor dem Haus."*

Zweifelnd wandte sie sich um. „Hast du das gerade gesagt?"

„Natürlich!" Der Hund kam jetzt näher. *„Ich rede die ganze Zeit, aber keiner hört mir zu. Alle sind nur mit sich beschäftigt oder starren auf die kleinen Kästen, die sie Handy nennen."*

Marianne beschloss, sich nicht mehr zu wundern, denn als der Hund den Dorn los war, rollte er sich auf ihrem Teppich zusammen und ließ sie nur noch wissen: *Hier bleibe ich, bei dir ist es schön ruhig. Du verstehst mich und du hast kein Handy.*"

Eine ganze Weile saß sie immer noch etwas benommen auf ihrem Sessel und schaute dem Hund beim Schlafen zu, während sie nur den einen Gedanken hatte. Das musste ein Zeichen sein, ein Fingerzeig des Schicksals! Sie hatte einen Aufschub bekommen und mit diesem Hund eine neue Aufgabe.

Also alles wieder zurück auf den Anfang.

Zuerst musste sie etwas zu essen besorgen, für den Hund und für sich auch.

Als sich Marianne angezogen hatte, schien der Hund schon wieder fit zu sein, denn er schloss sich ihr kommentarlos an. Als erstes besorgte sie eine Leine und legte sie dem Hund um. Vergebens tastete sie nach einem Halsgurt, einem Medaillon oder einem anderen Hinweis auf den Besitzer.

Am Supermarkt äußerte sich der Hund erneut. „*Hier kannst du gerne für dich einkaufen, für mich bitte nicht, ich vertrage nur Futter aus dem Fachhandel. Schließlich stamme ich direkt von den Basset d' Artois.*"

„Schon gut", lächelte Marianne, die sich mit dem Hund an der Leine regelrecht beschwingt fühlte, aber immer noch glaubte, sich die Stimme einzubilden. „Zum Fachhandel gehen wir anschließend."

Als sie wieder zuhause waren, hatte sie für sich nur ein paar Kleinigkeiten gekauft, aber für den Hund mehrere Dosen des besten Hundefutters, diverse Bürsten für das Fell und die langen Ohren, Tropfen für die empfindlichen Augen und noch einiges mehr. Größere Sachen wie das Hundebett und die Spielgeräte würde das Fachgeschäft am nächsten Tag liefern.

Marianne war glücklich. Sie hatte sich schon ganz darauf eingerichtet, den Hund zu behalten, schließlich war er ihr genau im richtigen Moment geschickt worden.

Doch manchmal beschlichen sie auch leichte Zweifel, immerhin war er ein Rassehund.

„Wird dich denn keiner vermissen?", seufzte sie, wohlwissend, dass ihr keiner diese Frage beantworten konnte.

„*Das hoffe ich nicht!*" Der Hund hatte sich kaum bewegt, aber Marianne hatte die Antwort deutlich gehört.

Was sie einige Stunden vorher noch als Halluzination oder Wunschdenken eingestuft hatte, galt jetzt nicht mehr. Sie hatte mit Appetit gegessen und einen starken Kaffee getrunken, türkisch, so wie sie ihn am liebsten mochte.

Also musste der Hund wirklich sprechen oder sie konnte seine Gedanken hören? Das musste sie testen.

„Hast du eigentlich einen Namen?"

„*Na klar! Ich heiße George. Meine Büchsenöffner haben mich Herr Schmidt gerufen, das sollte lustig sein. Aber sie mochten mich nicht. Du kannst Georgie zu mir sagen. "*

Marianne hatte den Hund genau beobachtet. Er bewegte seinen Kiefer nicht und gab auch keine Töne von sich, trotzdem verstand sie ihn genau. Wie verrückt war das denn?

Seine Besitzer mochten ihn nicht? Schon deshalb tat ihr der Hund leid. Denn sie wusste genau wie es war, abgelehnt zu werden.

„Wie bist du denn dorthin gekommen? Haben sie dich gekauft?"

„Nein", seufzte George. *„Sie haben mich geerbt. Mein erster Büchsenöffner ist gestorben und diese Leute haben sehr viel Geld geerbt, damit sie gut für mich sorgen können. Aber sie wollten mich ins Tierheim bringen, weil ich nicht zu ihnen passe. Mir würde die optimistische Ausstrahlung fehlen. Deshalb bin ich ausgebüxt. "*

Marianne, die so etwas überhaupt nicht verstehen konnte, wandte zweifelnd ein: „Vielleicht waren sie gar nicht an Tiere gewöhnt. Wenn du ein wenig netter gewesen wärst…"

„Pff, nett kann ich auch, bringt aber bei denen gar nix. Die haben keine Ahnung, was für ein Geschenk ein Basset sein kann. Schließlich sind wir berühmt! Mein Ur-Uropa hat im Film den Pokey, den besten Freund von Lassie gespielt. Ja, das waren noch Zeiten. "

Marianne war entsprechend beeindruckt. „Das wusste ich gar nicht, das ist ja interessant."

George, dem die Anerkennung gut tat, dreht noch ein wenig mehr auf. *„Jeder Prominente, der etwas auf sich hält, hat auch einen*

Basset gehalten. Elvis Presley, Marylin Monroe oder Clint East-
wood. Und das ist auch heute noch so. Shakira hat ebenfalls einen
Basset. Mit dem würde ich gerne tauschen."

Marianne kam sich bei Georges Geschwätzigkeit vor wie Goethes
Zauberlehrling, der Geister in Gang gesetzt hatte, sie aber nicht
mehr bremsen konnte. „Wer ist Shakira?"

George warf ihr einen mitleidigen Blick zu, so als würde er an ihrem Geisteszustand zweifeln. *„Shakira ist eine Sängerin, die mein*
erster Büchsenöffner sehr mochte. Sie hat einen tollen Hüftschlag,
so ungefähr!"

Marianne konnte bei seinen Verrenkungen das Lachen nicht zu-
rückhalten und lachte so sehr, dass ihr die Tränen kamen. Sie konnte sich nicht erinnern, wann sie jemals so versucht war, immer wieder zu kichern.

„Georgie, du bist wirklich ein Gottesgeschenk", rief sie schließlich,
als sich der Hund erfreut über seine Wirkung verbeugte und wieder
zu Schlafen hinlegte. Das leise Schnarchen, das sofort einsetzte,
gab Marianne das Gefühl: Dieser Hund war genau dort, wo er hin-
gehörte und sie würde ihn auch nie wieder hergeben.

Am nächsten Tag, als die Lieferung aus dem Tierfachhandel ein-
getroffen war, richteten sich Marianne und George neu ein.
Platz im Haus war nach Mariannes Räumaktion ausreichend vor-
handen und der große Garten hinter dem Haus bot ebenfalls

genügend Auslauf.

Erst als am späten Nachmittag alles fertig war und ihr Blick auf den Kalender fiel, registrierte sie, dass sie an diesem Tag Geburtstag hatte. Geplant hatte sie nichts, denn eigentlich wäre sie ja nicht mehr anwesend gewesen und außerdem, wen hätte sie einladen sollen? Aber jetzt hatte sie ja einen Mitbewohner.

Also deckte sie den Tisch für das Abendessen etwas sorgfältiger, zündete eine Kerze an und gönnte sich als Nachtisch auch einige ihrer Lieblingspralinen, die sie nachgekauft hatte.

George betrachtete sie fragend. Das besondere Futter, das er heute bekam, verwunderte ihn nicht, es schien ihm angemessen.

Aber mit dem, was sie tat, wusste er nichts anzufangen.

„Feierst du, weil ich gekommen bin?"

Marianne lächelte. „Das sowieso, aber ich habe heute auch Geburtstag. Und da ich mit dir jetzt auch ein neues Leben habe, ist das ein besonderer Grund zu feiern."

„Du hast Geburtstag?" George fragte das höchst erstaunt. *„Und da sitzt du hier alleine und alterst vor dich hin? Hast du keine Freunde?"*

Als Marianne nur traurig den Kopf schüttelte, knurrte er etwas vor sich hin, das klang wie *„Das werden wir ändern."*

Vom nächsten Tag an machten beide jeden Tag längere Spaziergänge, in einem Tempo, das beiden gut tat. Manchmal besuchten

sie auch wieder den Tierpark, aber noch mehr die größeren Hunde-
auslauf- und Sportplätze.

Inzwischen war es Sommer geworden, aber das Wetter blieb noch
bei angenehmen Temperaturen, so dass die Ausflüge immer weiter
ausgedehnt werden konnten. Marianne kannte inzwischen auch
schon andere Hundebesitzer und freute sich immer noch, wenn sie
bei ihren Spaziergängen erkannt und oft schon von weitem begrüßt
wurde.

Ihre Nachbarin zur rechten Seite hatte auch seit kurzem einen
Hund, den sie zwar noch nicht gesehen, aber bellen gehört hatte.
Gerade als sie und George von ihrer Wanderung zurückkamen, trat
auch Frau Bless mit einem hübschen mittelbraunen Dackel aus
dem Haus.

Während sich die Hunde interessiert beschnupperten, klagte die
Nachbarin Marianne ihr Leid. „Ich habe die Susi von meiner
Schwester übernommen, als sie nach Australien gegangen ist.
Das Hündchen wäre so pflegeleicht, hat meine Schwester ge-
schwärmt, aber in Wirklichkeit ist sie ständig nervös und gereizt.
Keiner weiß wieso."

Marianne bückte sich, um kurz über den schmalen Kopf des Da-
ckelmädchens zu streicheln. „Hat sie denn genügend Auslauf?
Es sind ja eigentlich Jagdhunde. Soviel ich weiß, sollen sie sich
dreimal am Tag austoben können."

„Aber natürlich." Frau Bless nickte bestätigend. „Dafür bezahle ich extra einen Hunde-Service. Ich kann ja nicht mehr so schnell."

Marianne, die längst wusste, wo das Problem lag, lächelte nur.

„Vielleicht sollten Sie das mal überprüfen."

Dann nickte sie der Nachbarin zu und zog sich mit George ins Haus zurück.

Zwei Tage später klingelte Frau Bless, um einen Kuchen zu bringen. „Den habe ich extra für Sie gebacken. Ihr Tipp war Gold wert. Der Bursche ist nur mit meiner Susi in den kleinen Park um die Ecke. Dort hat er sie angebunden und mit seinem Handy herumgespielt. Ich habe sofort gekündigt, jetzt macht das der Nachbarsjunge und meine Kleine ist richtig gut drauf."

Davon konnte sich auch Marianne überzeugen, denn das kleine, findige Dackelmädchen hatte ein Loch im Zaun erweitert, um George zu besuchen. *"Susi ist gekommen, um sich bei uns für die Hilfe zu bedanken"*, informierte sie George.

Sehr dankbar sah sie jedoch nicht aus, fand Marianne. Die Hündin starrte sie nur an und fragte dann erstaunt. *„Das ist dein Büchsenöffner? Die sieht ja aus wie Aschenputtels Großmutter!"*

„Also Susi, das ist sehr unhöflich. Außerdem ist sie kein Büchsenöffner mehr. Sie ist eine richtige Hunde-Mama."

Und zu Marianne gewandt erklärte er: *„Es gibt Menschen, die uns nur füttern, das sind die Büchsenöffner. Aber die Menschen, die* uns verstehen und lieben, das sind richtige Hunde-Eltern. Und die beleidigt man nicht!"

Ein strenger Blick zu Susi sollte ihr das klarmachen, aber die blickte ihn nur treuherzig an. „Ich habe es doch nur gut gemeint, ein paar kleine Veränderungen..."

„Schluss jetzt", knurrte George, aber Marianne unterbrach ihn.

„Lass sie doch reden, ich finde das interessant."

Susi starrte sie total überrascht an. „Du verstehst uns wirklich! Meine frühere Büchsenöffner-Frau verstand viel von Mode, von Hunden gar nichts. Aber ich habe viel von ihr abgeguckt. Du würdest besser aussehen, wenn du dir silberblaue Highlighter in die Haare machen lässt."

Gewichtig trippelte sie um Marianne herum, um sie zu betrachten.

„Und du solltest dir ein paar Oberteile in Edelsteinfarben zulegen."

„Was bitte sind denn Edelsteinfarben? Du gibst doch bloß an."

George hatte es offensichtlich nicht so gerne, wenn andere mehr im Mittelpunkt standen, aber Marianne beruhigte ihn.

„Ich weiß, was Susi meint. Rot wie Rubin, grün wie Smaragd, lila wie Amethyst und blau wie Aquamarin."

„Genau", nickte Susi und wandte wie häufig den allertreuesten Dackelblick an. Das brachte ihr ausgiebige Streicheleinheiten und ein paar Leckerbissen ein, die sie gerne mit George teilte.

Als sich Marianne einige Tage später, nachdem die Frisöre wieder geöffnet hatten, im Spiegel betrachtete, musste sie der kleinen Susi doppelt recht geben.

Ihre blausilbernen Haare strahlten regelrecht und die neue leuchtendblaue Bluse stand ihr auch ausgezeichnet.

Das fand auch George, der sie zunächst erfreut betrachtete, dann aber völlig verschreckt an der Leine zog, um sich im Gebüsch zu verstecken. „Was hast du denn?"

Marianne sah sich noch ratlos um, als eine jüngere Frau, die ihre Massen in ziemlich enge Leder-Klamotten gezwängt hatte, forsch auf sie zukam und in einem regelrechten Kasernenton rief: „Herr Schmidt, bei Fuß, sofort!"

Marianne, die blitzschnell erfasste, wen sie vor sich hatte, erkannte, dass sie jetzt zum ersten Mal in ihrem Leben, um etwas kämpfen musste, das ihr wichtig war. Georgie gehörte zu ihr und den gab sie nie wieder her.

Zunächst gab sie sich unwissend. „Suchen Sie jemanden?"

„Ja, meinen Hund."

Marianne drehte sich suchend um. „Hier ist nur mein Hund."

„Dann sind Sie eine Hundediebin. Das ist ein teurer Rassehund und er gehört mir."

Marianne lächelt mit zusammengebissenen Zähnen. „Das glauben Sie doch nicht wirklich, ich habe diesen Hund aus dem Tierheim geholt."

Endlich hatte sich George aus dem Gebüsch getraut und Marianne
wies auf ihn.

„Das ist natürlich auch kein Rassehund. Da hat sich ein Fehler ein-
geschlichen. Sehen sie die Ohren, die sind ungleich lang, das darf
bei Reinrassigkeit nicht passieren. Achten Sie mal darauf, wenn Sie
Ihren Hund wieder finden. Mir war das nicht so wichtig, ich bin mit
meinem kleinen Mischling sehr zufrieden."
Erst als sie eine ganze Straßenlänge hinter sich hatte, wagte Marianne wieder richtig zu atmen. George sah sie von der Seite dankbar an. *„Das war knapp. Auch wenn meine Reinrassigkeit bestätigt
ist, in diesem Fall, bin ich lieber dein kleiner Mischling. "*

Vielleicht hatte Frau Bless anderen von ihr erzählt, vielleicht
tauschten auch die Hunde Informationen aus, jedenfalls fiel es Marianne auf, dass sie öfter nach ihrer Meinung gefragt wurde, wenn
andere über die Beschwerden ihrer Lieblinge klagten, wie an diesem Nachmittag im Park.
George raste durch die ersten fallenden Blätter, Marianne hatte sich
kurz auf eine Bank gesetzt, als ein kleines Mädchen mit Zöpfen auf
sie zusteuerte.
Sie schob einen Puppenwagen vor sich her und lächelte sie schüch-
tern an. „Meiner Katze geht es sehr schlecht. Früher ist sie neben
mir gegangen, wie ein kleiner Hund. Aber jetzt ist sie so schwach,
was sollen wir nur tun?"

Marianne schaute in den Puppenwagen und direkt in die großen blauen Augen einer weißen Angorakatze, die einen leidenden Eindruck machte. Die Großmutter der Kleinen, die vermutlich nicht so schnell war, ließ sich schweratmend auf die andere Seite der Bank fallen.

„Entschuldigen Sie bitte den Überfall, aber Frau Bless sagte, sie hätten vielleicht eine Idee. Wir waren schon beim Tierarzt, der weiß auch nicht weiter. Und Julia hängt so an ihrer Katze."

Marianne war nach kurzem Kontakt mit der Katze der Zusammenhang klar, deshalb fragte sie nur noch nach. „Kann es sein, dass du dich in letzter Zeit weniger um die Katze gekümmert hast? Warst du abgelenkt?"

Die Kleine errötete und schaute nach unten. „Ich habe mich verliebt."

„Und deswegen hattest du weniger Zeit für die Katze, sie ist nämlich sehr traurig." Marianne hatte für die erste Liebe volles Verständnis, wandte sich dann aber an die Großmutter. „Haben Sie viele Grünpflanzen in der Wohnung?"

Die Großmutter sah sie überrascht an. „Ich habe fast nur Kakteen, die habe ich schon alle nach oben gestellt, unten steht höchstens noch eine Grünlilie, aber die ist doch nicht giftig."

„Nein, das ist sie nicht, aber wenn die Katze zu viel davon geknabbert hat, schlägt das ziemlich stark auf den Magen.".

Und an die Kleine gewandt, fuhr sie fort. „Deine Katze wird sich wieder erholen, aber sie muss spüren, dass du sie lieb hast. Also pass gut auf, dass sie nie wieder an die Grünpflanzen kommt."

Etwas später näherten sich zwei Mädchen, eines war blond mit einem winzig kleinen, weißen Bichon frisé, dessen schokoladenbraune Augen etwas ängstlich blickten. Das zweite Mädchen mit einem braunen Pferdeschwanz wurde von einem Hund begleitet, der viele Rassen in sich vereinte und sie mit klugen Augen interessiert ansah. „Mein Hagrid hat ein Problem", erzählte das Mädchen. „Er ist nicht krank, aber er will einfach nicht in seinem Hundebett liegen. Ständig drückt er sich an die Wand und kommt nicht zur Ruhe. Wissen Sie vielleicht, was wir machen können?"
Marianne, die gerne helfen wollte, bückte sich zu dem Kleinen, empfing aber kaum etwas, außer ängstlichen Gedanken und einem leisen Winseln.
Der zweite Hund, der es sich auf dem Schoß des Mädchens mit dem Pferdeschwanz bequem gemacht hatte, rief zu George hinüber.
Das Riesenbaby vermisst seinen Bruder, der hat immer neben ihm gelegen. Ich heiße Perla und bin jetzt seine große Schwester, ich passe auf ihn auf, aber schlafen muss er halt alleine.
George war erstaunt. *Wieso nennst du denn diesen Winzling Riesenbaby?*
Perla setzte ihr Hundegrinsen auf und erklärte es ihm.
Hagrid ist der Riese im Harry-Potter-Buch, einer der Lehrer des

kleinen Zauberlehrlings. Habt ihr das Buch nicht gelesen?

George war etwas verstimmt. *Aber das machen wir ganz bestimmt*

bald. Braucht der Kleine etwa auch einen Zauberspruch?

Perla brauchte keine Zeit zum Überlegen, sondern antwortete so-

fort. *Sag deiner Hunde-Mama, dass der Kleine ein Kuscheltier*

braucht.

Jetzt brachte George sogar trotz seines traurigen Aussehens ein

stolzes Grinsen zustande.

Sie hat alles schon gehört. Super oder?

Und genau das notwendige Kuscheltier schlug Marianne dann den

Mädchen auch vor, die sich sehr zufrieden für die Hilfe bedankten.

Auf dem Heimweg meinte George, der sich stolz in ihrer Bekannt-

heit sonnte. „*Eigentlich könnten wir eine richtige Tierarzt-Praxis*

eröffnen."

Marianne lachte übermütig. „Dann müsste ich aber vorher das

Spritzen geben an dir üben."

Jetzt starrte er sie erschrocken an. „*Ich ziehe meinen Vorschlag*

zurück, du solltest besser beim Beraten bleiben und Susi und ich

machen Werbung."

Und das taten die beiden ausgiebig und so wirkungsvoll, dass oft

die Hunde schon zu ihr drängten, bevor ihren Haltern das Problem

überhaupt aufgefallen war. Aber Marianne empfand das nie als

Belastung, sie war glücklich helfen zu können und freute sich immer, dass ihre Meinung überhaupt nicht in Frage gestellt wurde. Das hätte ihr Vater mal erleben sollen.

Als sie wieder an einem Nachmittag nach der Wanderung im Park ausruhte, trät ein älterer Herr ohne Hund zu ihr und setzte sich mit auf ihre Bank, natürlich nicht, ohne nach der Erlaubnis zu fragen. Er stellte sich als Dr. Göhler vor.

„Ich bin Tierarzt, eigentlich schon im Ruhestand. Jetzt habe ich nur noch eine Kleintierpraxis. Ich habe Julias Katze behandelt. Sie erinnern sich an die Türkisch Angora? Und jetzt habe ich von der Wunderheilung erfahren. Ich hatte mir die ganze Zeit den Kopf zerbrochen, um alle Umweltgifte und sonstiges auszuschließen. Wie kamen Sie bei dieser Katze auf die Grünlilie?"

Marianne lächelte und antwortete kühn. „Sie hat es mir erzählt."

Als sie seinen zweifelnden Blick sah, nickte sie nur.

„Ich weiß, wie sich das anhört. Aber ich bin nicht verrückt, ich kann nur auf irgendeine Art und Weise die Gedanken der Tiere verstehen."

„Ich glaube Ihnen", beteuerte er, „ich habe auch schon mit anderen Tierhaltern gesprochen. Sie haben eine unwahrscheinliche Treffsicherheit bei ihren Diagnosen. Es kann nur so sein, dass sie eine besondere Gabe besitzen, ein unglaubliches Talent."

Marianne strahlte, als sie das aus berufenem Mund hörte.

Hatte sie sich nicht noch vor einigen Wochen für den talentlosesten

Menschen der Welt gehalten?

„Könnten Sie sich vorstellen, dass Sie das auch einmal in der Woche in meiner Praxis machen, ich würde ihnen gerne die bisher hoffnungslosen Fälle vorstellen und ich würde Ihnen natürlich auch ein Honorar zahlen.“

Marianne nickte George beruhigend zu, der sich wie eine Leibwache neben sie geschoben hatte.

„Das brauchen Sie nicht, spenden Sie es dem Tierheim oder dem Tierpark. Ich komme gerne, um den Tieren zu helfen.“

„Das freut mich sehr.“ Dr. Göhler reichte ihr seine Visitenkarte.

„Rufen Sie mich einfach an, wenn Sie Zeit haben. Ich habe da einige Tiere, die für ihre Besitzer lebenswichtig sind.“

„Das verstehe ich nur zu gut und aus eigener Erfahrung“, bestätigte Marianne und streichelte die langen Ohren von George.

„Der beste Therapeut hat noch immer vier Beine und ein Fell.“

Das Ganze noch mal von vorne

„Sophie-Schatz, sei bitte vorsichtig!"

Sophie Graf-Brunner verdrehte bei diesem Ausruf ihrer Großmutter nur die Augen und hüpfte weiter die Treppe hinunter. „Omi, ich bin schwanger, nicht krank."

„Ich weiß das, ich möchte ja nur, dass meinem ersten Urenkel nichts passiert."

Sophie strich sich über den immer noch flachen Bauch, zog ihre dicke Jacke an und wandte sich grinsend um.

„Du meinst, deinen beiden Urenkeln, es werden Zwillinge. Das habe ich mir immer gewünscht, einen Jungen und ein Mädchen."

Oma Laura lächelte nur. „Schön wär's! Aber da müssen deine Gene auch mitspielen. In unserer Familie gab es immer nur Einzelkinder. Und bei Felix?"

Felix war der Bruder ihrer besten Freundin Chrissie und seit drei Monaten und 22 Tagen Sophies Ehemann. In seiner Familie gab es zwar keine Einzelkinder, aber seit mehreren Generationen auch keine Mehrlingsgeburten.

Nur das brauchte Oma Laura nicht zu wissen. Sie interessierte sich sowieso für zu viele Dinge, besonders für Sophies Arbeit als Privatdetektivin.

Allerdings hatte sie gemeinsam mit den Krimifrauen vom alten Bahnhof, auch schon erheblich zur Aufklärung wichtiger Fälle beigetragen. Vermutlich wäre sie auch im aktuellen Fall eine gute Unterstützung für sie.

Also küsste Sophie Oma Laura nur kurz auf die Wange.

„Ich habe jetzt einen Termin mit dem Anwalt einer Klientin und danach gehe ich zum Ultraschall. Dann habe ich ein Foto und alle Zweifel sind beseitigt. Vielleicht solltest du schon anfangen Strampler zu stricken?"

Dann rannte sie schnell die Treppe zum Erdgeschoss, bevor ihr Laura etwas hinterher werfen konnte.

Seit dem großen Fall des Witwenräubers waren die Krimifrauen eine feste Größe in Sophies Detektivarbeit. Vor kurzem erst hatten sie gemeinsam den kriminellen Investor Victor Greed festgenagelt und einen raffinierten Einbruch im Museum aufgeklärt.

Die Frauen, die sich jede Woche einmal im *Café Schokohimmel* im alten Bahnhof trafen, hatten zu Anfang nur über klassische Kriminalromane diskutiert, waren aber wild darauf, selbst zu ermitteln. Und das taten sie oft sehr geschickt.

Kaum jemand machte sich Gedanken darüber, was er einer älteren Frau in einem netten Gespräch erzählte.

Aber alles zusammen genommen, ergab für Sophie wichtige Anhaltspunkte, hoffentlich auch für ihren neuen Fall.

Von Felix konnte sie nur wenig Hilfe erwarten, obwohl er ein guter Polizist war. Er hatte zwar neben dem Streifendienst hervorragende

Kontakte zum Einbruchsdezernat, aber in ihrem neuen Auftrag ging es um etwas völlig anderes, um eine mehr oder weniger rechtliche Grauzone, den Kapitalanlagemarkt.

Viola Schweizer, eine höchst erfolgreiche Geschäftsfrau, der landesweit mehrere große Boutiquen gehörten, hatte sie beauftragt, für eine Musterklage weitere Geschädigte zu finden.

Und außerdem Hintergrundinformationen zu der Anlagegesellschaft zusammen zu stellen, die ihr die ominösen Differenzkontrakte und die binären Optionen auf Kryptowährungen und anderes verkauft hatte.

Frau Schweizer hatte sich auf den Anlagetipp eines sehr charmanten Herrn hin, für diese neuartigen Möglichkeiten entschieden, die deutlich mehr Rendite boten, als ihre anderen Investments.

Es lief lange Zeit auch sehr gut und sie hatte daher eine weitere größere Summe eingesetzt.

Schließlich konnte sie jeden Tag im Internet verfolgen, wie ihr Vermögen wuchs.

Als sie aber ein weiteres Geschäft eröffnen wollte und dafür das Geld brauchte, fingen die Probleme an.

Der charmante Berater, Herr Rascal, war plötzlich nicht mehr zu erreichen und sogar der Kontoauszug im Internet verschwand über Nacht. Danach schien sich sogar die gesamte Firma in Luft aufgelöst zu haben.

Erst dann hatte sie sich den Prospekt genauer angesehen und fest-gestellt, dass die dort enthaltenen Informationen irreführend und falsch sein mussten.

Das wollte sie nicht so einfach hinnehmen und hatte deshalb An-zeige erstattet. Nach deutschem Recht, hatte Frau Schweizers An-walt erklärt, könne es auch ein Musterverfahren zur Durchsetzung von Schadenersatzansprüchen geben. Aber dazu sollten mindestens zehn individuelle Schadenersatzansprüche mit gleichlautenden Tat-sachen vorliegen.

Sophies Auftrag war es daher, weitere Geschädigte zu finden und nach Möglichkeit den Verursachern kriminelle Absichten nachzu-weisen. Zunächst musste sie sich aber in das unbekannte Metier einarbeiten. Außerdem hatte sie auch nicht alles verstanden, was ihr Frau Schweizer erzählte, da sie selbst selten so viel Geld hatte, um ähnliche Anlagen zu tätigen.

Deshalb traf sie sich auch noch mit dem Anwalt der Klientin.

Dr. Paryla erklärte ihr auf ihre erste Frage hin, dass es normaler-weise üblich sei, die Geschädigten für eine Musterklage öffentlich aufzufordern. Aber in diesem Fall wäre das fatal.

„Die Crystal-Investment-Group ist zwar von der Bildfläche ver-schwunden, aber Frau Schweizer ist sich sehr sicher, dass der charmante Herr Rascal jetzt bei Diamond-Investment-Partner, einer ähnlichen Gesellschaft, tätig ist, die kurz danach auftauchte.

Diese Leute agieren äußerst geschickt und wir wollen sie nicht darauf aufmerksam machen, dass wir hinter ihnen her sind."

„Ich verstehe nicht, wieso diese Typen so erfolgreich sind? Haben denn die Anleger keine Angst um ihr Geld?"

Sophie sah Dr. Paryla fragend und auch etwas vorwurfsvoll an, doch der lächelte nur.

„Kennen Sie den alten Spruch *Gier frisst Hirn*? Ich will das meiner Klientin nicht unterstellen, aber würden Sie nicht auch zugreifen, wenn Ihnen jemand 12% Rendite für Ihr Geld bietet, während Sie bei Ihrer Bank für das bloße Aufbewahren ihres Geldes schon Strafzinsen zahlen müssen?"

„Aber kontrolliert denn niemand dieses Geschehen?"

Sophie schüttelte den Kopf, weil sie sich das überhaupt nicht vorstellen konnte. Für alles gab es doch irgendwelche Kontrollinstanzen, aber hier offensichtlich nicht.

„Wir haben zwar Gesetze", erklärte Dr. Paryla geduldig, „aber eben auch welche mit Lücken. Und das hat Auswirkungen.

Auf dem Kapitalmarkt gibt es genau genommen drei Bereiche.

Der *weiße* Kapitalmarkt, das ist das, was die meisten kennen.

Der wird reguliert und von der staatlichen Finanzaufsicht kontrolliert. Das gibt mehr Sicherheit für die Anleger, aber auch dort kann man sein Geld verlieren.

Auf dem *schwarzen* Kapitalmarkt werden Geschäfte und Anlagemöglichkeiten angeboten, ohne jegliche Erlaubnis oder Genehmigung der Behörden.

Diese Betrüger erklären in ihren Prospekten nie genau, wie was funktionieren soll, also kann man sie nicht festnageln.

Die meisten Anbieter verfügen noch nicht einmal über die notwendigen Lizenzen und ihre Geschäfte sind nicht angemeldet. Wer also sollte sie kontrollieren?

Der *graue* Kapitalmarkt, da würde ich die Crystal-Investments-Group einordnen, ist ein Mix aus weiß und schwarz. Dort müssen einige gesetzliche Regelungen erfüllt werden, also ist er nicht gesetzwidrig."

„Und wird dennoch nicht kontrolliert?" Sophie konnte es einfach nicht fassen.

„In gewissem Maß wird schon kontrolliert. Man überprüft beispielsweise, ob alle relevanten Angaben in einem Prospekt enthalten sind, aber nicht, ob das was dort dargestellt ist, auch wirklich stimmt.

Und selbst, wenn man diese Leute erwischt, haben sie die Kundengelder bereits auf unterschiedliche Konten ins Ausland verschoben und der Firmensitz ist meist nur ein Briefkasten im Nirgendwo."

„Aber dann sind die Aussichten auf Entschädigung für Frau Schweizer auch nicht gerade berauschend."

Sophie konnte nicht ganz folgen. Wenn es nicht darum ging, das Geld wieder zu bekommen, weshalb war sie dann engagiert worden?

Dr. Paryla nickte bestätigend. „Sie hat mir gesagt, finanziell könne sie das verkraften. Ihr Anliegen ist eher das Musterverfahren, mit dem diese Leute und andere, die mit der gleichen Methode arbeiten, rechtlich ausgeschaltet werden könnten.

Außerdem hat sie sich sehr darüber geärgert, dass diese Betrüger ihre Masche hauptsächlich bei Frauen durchziehen.

Nicht nur bei gut betuchten Geschäftsfrauen, sondern auch bei deren Angestellten, dafür haben wir bereits zwei Aussagen.

Sie können sich vorstellen, was es für eine Verkäuferin bedeutet, die 10.000 Euro zu verlieren, die sie mühsam gespart hat."

Auf dem Heimweg fuhr Sophie vorsichtiger als sonst, es war Glatteis und außerdem hatte sie eine besondere Verantwortung für das wachsende Leben in ihr.

Die ganze Zeit über grinste sie erwartungsvoll. Oma Laura würde staunen, sicher zuerst über das Zwillingsfoto vom Ultraschall, dann aber auch über den neuen Auftrag für die Krimifrauen.

Das würde wieder eine ganz besondere Motivation sein, Betrüger zu jagen, die Frauen um ihr Geld brachten.

Felix hatte sie das Ultraschallfoto gleich nach der Untersuchung geschickt, sie hoffte, dass er sich inzwischen von seinem Schock erholt hatte. Obwohl sie ihm schon damals, gleich als sie schwanger wurde, gesagt hatte, es seien Zwillinge, weil sie sich genau das immer gewünscht hatte.

Sonderbar, überlegte sie, wie konnte ich mir da so sicher sein?

Wie konnte ich überhaupt wissen, dass ich wirklich schwanger bin?
Sie dachte nach, fand aber keine Lösung.

Als sie damals den Witwenräuber suchten, hatte sie bei sich die
besondere Fähigkeit entdeckt, von einem Gegenstand, den sie in
die Hand nahm, Informationen über den Besitzer zu erhalten.
Das hatte letztendlich die Festnahme beschleunigt. Auch der Einbruch im Museum konnte so schneller aufgeklärt werden.
Aber seither hatte sie nichts ähnlich Spektakuläres an sich bemerkt.
Oder vielleicht doch?
Wenn sich nämlich noch mehr Dinge so entwickeln würden, wie
sie es sich wünschte, dann wäre das doch phänomenal! Allerdings
müsste sie dann auch ihre Wünsche genauer bedenken.

Als sie das Haus erreichte, in dem sie und Felix im Obergeschoss
und Oma Laura im Erdgeschoss wohnten, war sie wieder in der
Realität angekommen und schüttelte lachend jegliche Gedanken in
diese Richtung ab. Jetzt musste sie erstmal Oma Laura informieren
und dann mit Felix feiern.

Als Laura zwei Tage später, wie immer am Mittwoch, das *Café
Schokohimmel* im alten Bahnhof betrat, warteten sechs Frauen
schon sehr gespannt auf sie.
Natürlich diskutierten sie auch alle gerne über Kriminalromane,
aber richtige Detektivarbeit war entschieden aufregender.

Die letzten Fälle, an denen sie erfolgreich mitgewirkt hatten, lagen bedauerlicherweise schon mehrere Monate zurück. Es war also höchste Zeit für ein wenig neuen Nervenkitzel.

Und dass es Neuigkeiten gab, dafür waren die leuchtenden Augen von Laura und ihr Dauergrinsen ein gutes Anzeichen.

Nachdem sie bei Letty ein Stück der neuen Schneeflockentorte und einen großen Kaffee geordert hatte, zeigte sie ihnen zunächst immer noch freudestrahlend das Ultraschallbild.

„Zuerst das Wichtigste: Mädels, ich werde endlich Urgroßmutter. Wenn ihr genau hinseht, dann könnt ihr die Zwillinge erkennen, ein Junge und ein Mädchen. Das Mädchen ist rechts, ich finde sie sieht mir ein wenig ähnlich.“

Die ungläubigen Blicke und auch das Kichern nach ihrer Ansage störten Lauras Glücksgefühle überhaupt nicht, zumal auch die Torte fantastisch schmeckte. Sie hatte so lange auf einen solchen Moment gewartet.

Aber natürlich würden ihre Mitstreiterinnen auch noch auf andere Informationen warteten. Sie tupfte ihren Mund mit der Serviette ab, strich sich über ihre silberfarbenen Haare und räusperte sich.

„Wir haben natürlich auch eine neue Aufgabe! Diesmal suchen wir aber keine Verbrecher, sondern die Geschädigten.“

Während sie ihnen genau erläuterte, wen sie finden sollten, beobachtete sie aufmerksam die Reaktionen der anderen.

Diese Suche würde etwas besonderes sein und sie brauchte die Mitwirkung von jeder der Frauen.

Christiane, die ehemalige Lehrerin, reagierte als erste.

„Wenn ich dich richtig verstanden habe, dann kommen wir bei diesem speziellen Auftrag mit unseren 5 Ws nicht sehr weit. Eigentlich geht nur WER. Also wer ist so hirnverbrannt, sein Geld derartig ungesichert anzulegen?"

„Das kann ich dir sofort beantworten." Stella, die Witwe eines bekannten Malers, hatte anscheinend einen besonderen Grund so wütend zu reagieren.

„Meine hirnlose, jüngste Schwester hat genau das getan. Das ist zwar schon zwei Monate her, aber gestern hat sie es mir erst gestanden. Sie hat 20.000 in den Sand gesetzt, weil ihr ein sehr charmanter Mann mit grauen Schläfen versichert hat, sie müsse ein finanzielles Genie sein."

„Vergesst diesen Fakt nicht", rief Laura. „Der Charmefaktor scheint in diesem Fall entscheidend zu sein."

„Für mich ist das mehr als ein Fall", wütete Stella weiter und warf ihre roten Haare gekonnt nach hinten. „Das sollte eigentlich mal ihre Altersversorgung werden, damit geht man doch nicht so um! Ich hatte zwar schon immer den Eindruck, dass meine Schwester am Intelligenz-Minimum lebt, aber dass es so schlimm ist, macht mich einfach wütend. Am liebsten hätte ich sie übers Knie gelegt, aber dafür ist es jetzt auch zu spät."

Laura beugte sich interessiert vor. „Hat sie den Vertrag auch bei dieser Crystal-Investment-Group gemacht? Das wäre sehr wichtig, denn dann hätten wir die erste, die betrogen wurde. Und wenn sie einverstanden wäre, könnte sie der Anwalt unserer Auftraggeberin in das Verfahren eingliedern und auch vertreten."

Stella schnappte ihr Handy und sprang auf. „Dann rufe ich sie gleich an."

„Bleiben wir beim WER", wandte Claire ein, die früher ein Reisebüro besessen hatte. „Es handelt sich doch offensichtlich um Frauen, die Anlagen machen müssen, um ihre Zukunft abzusichern. Damit scheiden die ganz Jungen aus und auch alle, die wie wir, schon eine Rente oder Pension bekommen. Vermutlich sind das eher Selbständige."

„Das könnte stimmen", meldete sich Luisa, die früher beim Amtsgericht tätig war. „Wenn ich mich in die Lage der Betrüger versetze und mich frage, wo ich Frauen finden kann, die Geld haben, dass sie anlegen können? Dann kann ich doch nur von erfolgreichen Geschäftsinhaberinnen ausgehen. Bestimmt nicht von denen im kleinen Laden an der Ecke, der sich gerade so über Wasser hält."

Laura nickte ihrer Freundin zu. „Im Prinzip schon, aber die Hemmschwelle bei solchen Betrügern liegt ziemlich tief. Soweit ich weiß, haben sie auch einige Verkäuferinnen um ihr Geld gebracht."

„Das wird ja immer schlimmer", stöhnte Antonia, die sich als frühere Krankenschwester und ohne besondere Reichtümer, gut in die

Sorgen dieser Menschen einfühlen konnte.

„Stellt euch vor, da hat so ein armes Huhn 5.000 mühselig zusammen gekratzt und verliert alles durch solche Mistkerle. Aber das funktioniert nur, weil die ehrlichen Sparer schon seit Jahren keine ordentlichen Zinsen mehr bekommen. Das macht es diesen Verbrechern leichter."

Alle nickten, denn jeder kannte Ähnliches, bis Stella, die an den Tisch zurückgekommen war, einwarf. „Es müssen auch jüngere Frauen sein, die solche Geldgeschäfte am Computer machen. Ich lehne ja so etwas ab."

„Na hör mal, ich mache auch E-Banking und das schon seit Jahren", rief Laura. „Ich finde mich dafür nicht zu alt, es spart einfach Zeit."

Als wieder alle nickten, schlug Emilia, die frühere Psychologie-Dozentin vor, jetzt auch das WIE einzubeziehen.

„Wie wollen wir denn vorgehen? Erwähnen wir die Betrugsmasche einfach im Gespräch beim Frisör oder im Wartezimmer beim Zahnarzt?"

Stella, die anscheinend immer noch wütend war, fuchtelte mit den Händen. „Ich habe kein Problem damit, jedem, der es hören will, zu erzählen, dass meine hirnlose Schwester ihr Geld bei der Crystal-Investment-Group verloren hat."

Emilia lächelte, denn darauf hatte sie gewartet. „Und die Chefin des Frisör-Salons wird dir dann, falls sie eine Betroffene ist, bestätigen, dass sie auch hirnlos war?"

Stella antwortete nicht, sondern starrte nur pikiert auf ihr Handy, also sprang Laura ein.

„Das war ein guter Hinweis, Emilia. Wenn ich dich richtig verstanden habe, müssen wir bedenken, dass diese Frauen böse betrogen wurden und das letzte, was sie jetzt brauchen, wäre unser Spott."

„Richtig", bestätigte Emilia, „sie brauchen jetzt Mitgefühl und Verständnis, sonst vertrauen sie uns auch nicht."

Christiane fasste noch einmal zusammen. „Wir suchen Frauen, mittleren Alters, die ihre Geschäfte erfolgreich führen, aber von Betrügern, die ihren Charme einsetzen, um ihr Geld gebracht wurden. Wir brauchen sicher nicht nur das Einverständnis der Damen, sondern auch ein paar Nachweise, wie Kopien des Vertrages und der Überweisungen. Richtig?"

Dabei wandte sie sich an Laura, die nur noch grinste und sagte:

„Das hat unsere Lehrerin sehr gut formuliert, die Stunde ist zu Ende."

Trotz der guten Vorbereitung lief diese Ermittlung der Krimifrauen sehr schleppend.

Als Laura einige Tage später zu Sophie ins Büro kam, hatten sie neben Stellas Schwester nur noch die Unterlagen einer weiteren Geschädigten, einer Köchin.

Sophie stöhnte. „Ach Omi, ich wünschte, dass das schneller voran gehen würde. Ich befürchte, uns läuft die Zeit davon. Was machen wir, wenn auch die andere Firma einfach verschwindet?"

Laura, die ganz im Gegensatz zu sonst, diesmal die Geduldigere war, tröstete sie.

„Wir haben doch gerade erst begonnen. Wahrscheinlich schämen sich die betroffenen Frauen auch und vermeiden darüber zu reden. Was hast du denn gefunden?"

Sophie stöhnte erneut und schob ihre schwarzen Locken hinter die Ohren. Früher hatte sie ihre Haare raspelkurz getragen, aber Felix mochte ihre Haare lieber etwas länger. Daran musste sie sich erst gewöhnen. „Das ist die reinste Sisyphus-Arbeit. Sobald ich eine neue Spur aufgetan habe, verliert sie sich wieder. Also das Ganze wieder von vorne und das mehr als einmal."

Laura, die eine kleine Tüte hinter ihrem Rücken verbarg, setzte sich zu Sophie und schaute neugierig auf die Notizen.

„Ist das das Konto, auf das die Frauen eingezahlt haben?"

„Ja, alle fünf. Aber dieses Konto ist nicht mehr existent."

Laura sah sie überrascht an. „Das hat dir die Bank gesagt?"

„Natürlich nicht", grinste Sophie. „Ich habe Trick 17 angewandt und 10 Euro auf dieses Konto überwiesen. Heute wurde es mit dem Vermerk zurückgebucht, dieses Konto sei aufgelöst worden."

„Hey, das war clever, das muss ich mir merken. Und wohin hat die Bank den Kontobestand überwiesen?"

„Das ist die große Frage", erklärte Sophie mit zusammengezogenen

Augenbrauen, „neben einigen anderen, die auch ungeklärt sind.
Nach den Unterlagen des Amtsgerichtes gab es drei Leute, die bei
der Crystal-Investment die Geschäfte führten. Falls es sich nicht
um eine zufällige Namensgleichheit handelt, sind zwei davon jetzt
bei dieser neuen Diamond-Investment. Ich habe mich gefragt, wo
der Dritte ist?"

„Und ob er vielleicht was zu erzählen hätte", warf Laura ein, die
sofort weiterdachte.

„Aber er ist verschwunden und das bereits seit einiger Zeit. Felix
hat gehört, er sei als vermisst gemeldet."

„Also wieder nichts!" Laura nickte und raschelte mit der Tüte.

„Gut, dass das Leben auch noch kleine Freuden bringt.
Wie findest du die?" Mit fragendem Blick legte sie zwei winzig
kleine, weiße Baby-Strampler auf den Tisch, bei einem war ein
kleiner blauer Elefant und beim anderen ein rosa Kätzchen aufges-
tickt.

Sophie kamen die Tränen, die Sachen waren so furchtbar klein und
so hübsch. Bisher war sie noch gar nicht zum Einkaufen gekommen und sie hatte auch noch nicht so konkret an die beiden Kleinen
gedacht. Aber jetzt diese wunderschöne Überraschung, das war zu
viel für ihre Hormone. Dankbar umarmte sie Laura, fasste sich aber
dann und stichelte ein wenig in ihrer üblichen Art. „Auch noch
richtig klassisch, mit rosa und hellblau."

Aber Laura lächelte nur. „Da habe ich praktisch gedacht. Natürlich hätte ich auch beide in grün oder gelb nehmen können. Aber wie willst du später wissen, wen du gerade gestillt hast, wenn sie beide gleiche Sachen tragen?"

„Ach Omi, du bist die Beste, daran habe ich nicht gedacht."
Dann sah sie zur Uhr und danach sorgenvoll zum Fenster. „Ich müsste in einer Stunde los zu meinem Termin bei Dr. Paryla. Zur Sicherheit bringe ich die Unterlagen persönlich hin, außerdem habe ich noch ein paar Fragen an den Anwalt. Aber die Straße ist immer noch nicht geräumt, ich wünschte der Winterdienst würde etwas schneller sein."

Laura sah jetzt auch besorgt aus dem Fenster, lachte dann aber und wies hinaus. „Wenn das keine prompte Wunscherfüllung ist! Sie fangen gerade an zu räumen. Könntest du auch mal einen Lottogewinn für mich wünschen? Ich muss nächstes Jahr das Dach decken lassen."

Noch auf dem Weg zum Anwalt musste Sophie lachen. Wenn es doch immer so schnell gehen würde! War das nun Zufall oder hatte es tatsächlich was mit ihr zu tun?
Das konnte eigentlich nur eine beantworten, ihre beste Freundin Chrissie, die einzige Esoterik-Fachfrau, die Sophie kannte.
 Sie beschloss, nach dem Anwaltstermin unbedingt noch zum alten Bahnhof zu fahren.
Der Termin beim Anwalt hatte zwar nicht allzu viel Neues, aber

Sophie auf eine geniale Idee gebracht. Man müsste unbedingt herausfinden, ob die neue Gesellschaft, die gleiche Masche hätte, wie die alte. Das wäre doch ein Sonderauftrag für die Krimifrauen.

Mit neuem Schwung fuhr sie dann zum alten Bahnhof, in dem nicht nur das fantastische *Café Schokohimmel* Interessenten anzog, sondern auch *Chrissies kleine Boutique*, in der sie ausgefallene Einzelstücke und kleine Mode-Serien verkaufte.

Obwohl Sophie kein Wort über die Schwangerschaft verloren hatte, wusste ihre Freundin schon Bescheid. „Felix ist völlig von der Rolle, so happy habe ich ihn noch nie gesehen", rief Chrissie und umarmte ihre Freundin stürmisch.

Sophie staunte. „Und ich dachte, er sei geschockt und müsse das erst verdauen."

„Ach wo", lachte Chrissie, „wenn er könnte, hätte er das heute noch in allen Zeitungen veröffentlichen lassen. Und erst seine Facebook-Seite, die musst du dir unbedingt ansehen."

Sophie hatte sich wie immer neugierig umgesehen, denn hier fand sie meist etwas Tolles. Und schon wurde ihr Blick wie magisch von einem bequemen Oberteil angezogen, das das gleiche leuchtende Blau hatte, wie ihre Augen. Kleine schwarze Muster, ließen die Farbe noch mehr strahlen.

„Oh, das ist toll! Kann ich das probieren?"

Sie befühlte anerkennend den weichen, seidigen Stoff.

Chrissie nahm es vom Bügel. „Das ist zwar keine Umstandsklei-
dung im üblichen Sinne, aber sehr praktisch für später. Es hat vorne
einen Reißverschluss, günstig beim Stillen und es ist weit genug,
auch für Zwillings-Mamas."

Als Sophie anprobiert hatte und sich höchst zufrieden vor dem
Spiegel drehte, erinnerte sie sich wieder an Oma Lauras Frage.

„Felix hat mir erzählt, Mehrlingsgeburten gäbe es in eurer Familie
nicht, weißt du mehr darüber?"

Chrissie schien eine ganze Menge mehr darüber zu wissen, denn
sie kam aus dem Strahlen nicht mehr heraus.

„Bis jetzt stimmte das, aber vielleicht hat jemand etwas Feenstaub
über uns gestreut, denn jetzt wird sich das ändern. Was glaubst du,
wer dieses Teil für werdende Mütter entworfen hat und genau
weiß, was gebraucht wird?"

Sophie sah sich überrascht um. „Das war Cindy? Und deine
Schwester kriegt auch…?"

„Genau", jubelte Chrissie. „Sie bekommt auch Zwillinge, ein abso-
lutes Novum in unserer Familie. Und ich werde vierfache Tante.
Super!"

Glücklich umarmte sie Sophie erneut. „Ich würde ja gerne mit dir
feiern, aber auf Wein solltest du besser verzichten, also lieber einen
Latte macchiato mit ganz viel Milch?"

Nachdem Chrissie den Laden vorübergehend geschlossen hatte und
sie an ihrem heißen Getränk nippten, entschied sich Sophie doch

noch Rat bei ihrer Freundin zu suchen.

„Glaubst du, dass Menschen die Erfüllung ihrer Wünsche wirklich beeinflussen können?"

Chrissie nickte überzeugt. „Natürlich, je mehr ich mich dafür einsetze, umso schneller erreiche ich, was ich mir wünsche."

„Nein!" Sophie schüttelte den Kopf. „So banal meinte ich es nicht. Ich habe mir ganz bewusst Zwillinge gewünscht und sie werden mir prompt geliefert. Heute Nachmittag hatte ich mir gewünscht, der Winterdienst solle unsere Straße schneller räumen und das wurde umgehend gemacht. Ist das jetzt nur Zufall oder könnte ich tatsächlich so etwas in Gang setzen?"

Chrissie sah sie nachdenklich an. „Du meinst es eher in der Art, wie eine Bestellung an das Universum?"

„Genau, kann es so etwas geben oder deute ich in einige Zufälle zu viel hinein?"

„Es gibt in der Literatur viele Beispiele dafür, wo etwas auch genauso verlaufen ist, wie es gewünscht wurde, aber ein Abo darauf gibt es sicher nicht. Also, wenn es so läuft, freu dich einfach."

„Das mache ich sowieso." Zufrieden mit den Auskünften und einem neuen Oberteil fuhr Sophie zurück

Auch wenn es schwer zu glauben war, seit sie ihren Wunsch ausgesprochen hatte, liefen die Ermittlungen plötzlich viel schneller und ergiebiger.

Über die sozialen Netzwerke hatte sie herausgefunden, dass der charmante Herr Rascal, sich gerne in luxuriöser Umgebung zeigte und oft mit einem Mann zu sehen war, dem eine Privatbank gehörte. War das auch die jetzige Hausbank der Betrüger? Das müsste sie unbedingt herausfinden.

Am nächsten Tag brachte ihr Laura die benötigten Unterlagen von fünf weiteren Frauen, die ebenso betrogen worden waren. Sie warf die Blätter schwungvoll auf den Schreibtisch und sah sie erwartungsvoll an.

„Und was sagst du? Unser Auftrag ist erfüllt!"

Sophie strahlte. „Omi, ihr seid wirklich toll! Aber ich hätte noch eine Idee."

Laura hatte noch einige Blätter in der Hand, nahm aber sofort interessiert Platz. „Worum geht es?"

„Wir bräuchten unbedingt noch einige Informationen über den charmanten Herrn Rascal, der jetzt bei Diamond-Investment-Partner ist. Hat er dort die gleiche Masche? Hat er seine Konten noch bei der gleichen Bank oder woanders? Könnte das eine von euch übernehmen?"

Laura versuchte, ein nachdenkliches Gesicht zu machen, konnte dann aber ihr triumphierendes Grinsen nicht verbergen.

„Schon erledigt!" Damit legte sie die letzten Blätter auf den Tisch.

„Ich hatte die gleiche Idee, aber Emilia, die Streberin, ist mir zuvor gekommen. Und sie hat dir auch noch eine beeindruckende psychologische Analyse von diesem Mann beigefügt. Höchst interessant! Diese Leute sind wirklich skrupellos!

Eine der Frauen", Laura wies auf die Unterlagen, „hat gespart, um ihrem kleinen Sohn eine Operation in den USA zu ermöglichen. Du weißt ja selbst, wie schwierig das ist, weil es keine Zinsen mehr gibt. Und selbst diese verzweifelte Frau haben sie ausgenommen bis auf den letzten Cent. Das macht mich sowas von wütend!"

Sophie nickte. „Das erinnert mich an den zweiten Teil des Auftrags, möglichst viel Hintergrundmaterial über ihre kriminellen Absichten zusammmen zu tragen. Ich habe gestern mit Alessa gesprochen, mit der ich früher immer zum Training gegangen bin."

„Ich erinnere mich, ihr wolltet beide Cheerleader werden, hattet aber zu viel Babyspeck."

Daran konnte sich Sophie natürlich nicht erinnern, sie beließ es aber dabei.

„Alessa arbeitet jetzt bei einer Bank im Anlagenbereich. Sie hat mir geraten, den Geldfluss des besagten Herrn zu prüfen. Geht das Geld seiner Kundinnen tatsächlich in eine Anlage, dann haben die Frauen wirklich Pech gehabt. Geht es aber sofort auf ein Sammelkonto, möglicherweise im Ausland, dann ist die betrügerische Absicht eindeutig belegt."

Laura hatte nachdenklich in einigen Unterlagen von Sophie geblättert. „Und die Hausbank von dieser neuen Gesellschaft, hat ja Emilia schon herausgefunden."

„Genau, sie gehört diesem Mann", setzte Sophie fort und wies auf einige Fotos, die sie aus dem Netz hatte. „Und unser charmanter Herr Rascal scheint sehr gut mit ihm befreundet zu sein."

„Auch noch eine Privatbank", rief Laura erbost.

„Die werden dir keine Auskünfte geben, da brauchst du einen versierten Hacker, auch wenn es illegal ist."

Sophie grinste.

„Ausnahmsweise hast du recht und ich weiß auch schon, wen ich fragen kann. Erinnerst du dich an Feli, die mit den Metallarmbändern und den Springerstiefeln?"

„Du meinst die kleine Pfiffige aus der *Weiberwirtschaft*, mit der wir den kriminellen Investor festgenagelt haben?"

„Genau die, die rufe ich jetzt an und dann fahre ich hin."

Feli freute sich, Sophie wiederzusehen, als die am Nachmittag in dem kleinen, beliebten Einkaufszentrum *Die Weiberwirtschaft* auftauchte.

Sie schaute Sophie von oben bis unten prüfend an und grinste breit.

„Unser Lichterfest von Anfang Dezember letzten Jahres muss sehr weit und intensiv gestrahlt haben. Bist du auch im 3.Monat?"

Als Sophie nur überrascht nickte, setzte sie fort.

„Maja aus der Buchhandlung, Judith aus der Backstube, Wendy aus der Physiotherapie und sogar Kati unsere Chefin sind alle im 3. Monat. Wie habt ihr das nur hingekriegt? Ich würde ja auch gerne, aber ich heirate im Juni und da möchte ich unbedingt noch in mein

Kleid passen."

„Du heiratest? Das ist toll! Ich freue mich so für dich."

Sophie umarmte Feli fest, trotz der abschreckenden Metallarmbänder mit Dornen.

„Wer ist denn der Glückliche?"

Feli lächelte geheimnisvoll. „Du kennst ja meine Vorgeschichte, aber Roger, der passt jetzt perfekt zu mir. Er liebt seinen Rechner genauso wie ich, wir können stundenlang über diese Dinge reden und als Hacker ist er einfach begnadet."

„Genau so etwas suche ich!"

Nachdem Sophie die Einzelheiten des Falls und auch ihre Anforderungen erklärt hatte, nickte Feli sofort erfreut.

„Sowas wäre für mich der Höhepunkt des Tages. Roger arbeitet im Sicherheitsbereich eines Bankenkonzerns, was er dort macht ist so geheim, darüber reden wir besser nicht. Aber er kennt sich wirklich aus und es ist keine Frage, dass wir euch helfen."

„Super!" Sophie atmete erleichtert auf, aber Feli wies noch auf ein großes Problem hin.

„ Du kannst eine Überweisung nur dann genau verfolgen, wenn sie aktuell gerade läuft. Ich könnte dir auch jetzt schon problemlos das Konto dieser Leute bei der Bank zeigen. Aber solange sich dort nichts bewegt, können wir nichts machen. Erfahrungsgemäß verwenden solche Betrüger mehrere Durchgangskonten, ehe eine Summe wirklich den Bestimmungsort erreicht, das würde eine

Dauerüberwachung erfordern und das geht leider nicht."

Nachdenklich fuhr Sophie zurück. Oma Laura freute sich zwar über den Kindersegen in der *Weiberwirtschaft*, hatte aber auch keine weiterführenden Ideen, also wieder zum Anfang zurück.

Am nächsten Tag observierte sie die Diamond-Investment-Partner, um mit etwas Glück zu erfahren, welches Opfer der charmante Herr Rascal als nächstes ansteuern würde.

Zunächst passierte nichts. Am zweiten Tag verlor sie ihn am Stadtrand, weil ihr Kleinwagen den Schneemassen, die für Ende Februar höchst ungewöhnlich waren, nicht gewachsen war. Wieder zuhause entdeckte sie auf der Karte ein Wellness-Hotel genau in dieser Gegend. Ob er dort gewesen war?

Sie entschied sich, Frau Schweizer anzurufen, vielleicht war sie ja mit der Besitzerin bekannt.

Wie immer, wenn es brennt, kommt was dazwischen, ärgerte sich Sophie, als Frau Schweizer zurückrief und mitteilte, die Chefin nicht erreicht zu haben, allerdings habe die Assistentin bestätigt, dieser Herr sei im Haus gewesen.

Am nächsten Nachmittag, Sophie hatte schon kalte Füße bei ihrer Überwachung, meldete sich Frau Schweizer erneut.

„Die Dame ist gerade dabei zu überweisen, ich habe versucht, sie davon abzubringen, aber sie ließ sich nicht überzeugen."

Sophie rief sofort Feli an, die glücklicherweise Zuhause war, wendete dann den Wagen und fuhr zu ihr. Die öffnete ihr freudestrahlend die Tür.

„Mein Computergott ist schon am Werk!" Leise schlichen beide in den abgedunkelten Raum, in dem mehr Rechner, als in einem normalen Fachgeschäft standen.

Beeindruckt sah Sophie Zahlenreihen über die Monitore huschen, während Roger siegessicher auf die Tastatur hämmerte.

„Hab ich dich endlich, du Schweinepriester", brummte er schließlich und wandte sich um. „Das Geld, das du suchst ist hier. Es hat fünf Länder durchquert und liegt jetzt hier auf den Marshall-Inseln in der Karibik, aber leider unerreichbar für die Polizei und die Opfer dieser Betrüger. Mit den Überweisungen von heute, es waren zwei, sind es jetzt etwas mehr als 217 Millionen. Mehr kann ich leider nicht für euch tun."

Sophie fand Roger, der für einen Nerd erstaunlich trainiert aussah, sehr sympathisch und schüttelte dankbar seine Hand, aber immer noch etwas benommen.

Sollte das jetzt alles gewesen sein? Hatten sie sich dafür so ins Zeug gelegt, um zu erfahren, dass die Betrüger ein fettes Konto auf einer wunderschönen Insel hatten und einfach so weiter machen würden, wie bisher? Es musste doch irgendwo noch Gerechtigkeit geben!

Feli brachte ein Tablett mit dicken Keramik-Tassen. „Wenn ich

mich ärgere, schrei ich entweder laut und schrill oder trinke heißen
Kakao, das beruhigt mich auch."

Sie reichte Sophie eine Tasse, aber die stellte sie nur etwas unwillig
ab.

„Ich will mich nicht beruhigen, ich will, dass etwas passiert.
Ich wünschte das Universum wäre gerechter und würde dafür sor-
gen, dass die betrogenen Frauen alle ihr Geld zurück bekämen."
Nachdem sie das ausgesprochen hatte, wurde sie wirklich ruhiger.
Roger lachte bei ihrem Ausbruch.
„Dein Wort in Gottes Gehörgang, das wäre ein echter Segen."
Noch etwas niedergeschlagen, nippten sie wortlos an ihrem Kakao,
bis Roger plötzlich herumfuhr. „Was ist das denn?"
Wieder rasten die Zahlen über die Bildschirme, offensichtlich ohne
System, denn Roger und Feli sahen gebannt zu, waren aber ratlos.
„Das Konto wird geräumt! Das ist das einzige, was ich sicher sagen
kann", rief Feli.
„Es sind aber keine großen Summen", wandte Roger ein. „Entwe-
der betrügen die sich gegenseitig, aber das würde auch nicht in die-
ser wahnsinnigen Geschwindigkeit gehen. Ich habe keine Ahnung,
was hier passiert ist, aber jetzt ist das Konto leer. Die ganzen 217
Millionen sind weg!"

Immer noch ratlos fuhr Sophie nach einiger Zeit zurück, um nachzudenken und sich mit Oma Laura zu beraten.

Womit sie auf keinen Fall gerechnet hatte, war Frau Schweizer, die mit ihrer Großmutter im Büro gewartet hatte und ihr freudestrahlend um den Hals fiel.

„Was immer Sie gemacht haben, das war fantastisch! Ich habe mein Geld wieder. Es ist ohne einen Kommentar auf mein Konto überwiesen worden, die gesamte Summe."

Oma Laura, die mit Frau Schweizer schon mit einem Glas Wein angestoßen hatte, umarmte sie auch.

„Stella war gerade bei ihrer Schwester, sie hat ihr Geld auch wieder. Sophie-Schatz, das hast du großartig gemacht!"

Sophie kam kaum zu Wort, weil das Telefon permanent klingelte und glückliche Frauen mitteilten, ihr Geld sei auch wieder da.

Als Sophie abends im Bett lag, konnte sie immer noch nicht glauben, was da passiert war. „Danke, liebes Universum", flüsterte sie, „das war echt toll!"

Am nächsten Tag trafen sich die Krimifrauen wieder im alten Bahnhof und wie immer beim erfolgreichen Abschluss eines Falles gab es Sekt zum Anstoßen.

Diesmal hatte ihn Frau Schweizer spendiert, um den Frauen für ihre Mitwirkung zu danken.

„Ohne Prozess und vor allem ohne Prozesskosten, haben alle ihr Geld wieder. Einen glücklicheren Ausgang hätte ich mir gar nicht denken können."

„Ich schon", meldete sich Laura.

„Mir genügt das noch nicht, denn die werden weiter machen, wenn wir sie nicht aus der Stadt jagen!"

„Das ist gut", jubelte Stella. „Wir machen das so wie Sandra Bullock und Nicole Kidman in dem Film *Zauberhafte Schwestern*. Die zwei Hexen haben alle Frauen aktiviert und den bösen Geist dann mit Besen und geballter Frauenpower aus der Stadt gefegt."

„Der Besen muss nicht unbedingt sein", rief Emilia, „aber lasst uns überlegen, wie wir alle Frauen dieser Stadt über die Betrüger aufklären können und so verhindern, dass sie weiter Geschäfte machen. Mit der *Weiberwirtschaft* habe ich schon gesprochen, die sind dabei."

Claire schnippte schon ganz aufgeregt mit den Fingern. „Ich war mal bei den *Silver Girls* im weißen Haus am Obersee. Das sind clevere Frauen mit vielen Kontakten. Karla hält dort Vorträge, wie man sich einen dauerhaften Geldregen verschaffen kann, die rufe ich an."

„Aber das sind doch alles ältere Frauen, hattest du nicht gesagt, dass wir die ausschließen sollen?"

Claire, die sah, dass Christiane bei dieser Frage lächelte, nahm es ihr nicht übel. „Ich bin eben auch lernfähig und weiß, dass Frauen in diesem Alter Töchter und Enkelinnen haben."

Luisa hatte endlich in ihrem Adressbuch gefunden, was sie suchte. „Ich rufe Hilda an, sie war früher bei unserer Lokalzeitung. Jetzt hat sie mit über achtzig eine *Eingreiftruppe gegen Ungerechtigkeiten* gegründet. Die spucken Feuer, wenn ich denen von den Betrügern erzähle."

„Sollten wir den charmanten Herrn Rascal und seine Kollegen nicht auch beobachten, um vielleicht im letzten Moment einen neuen Geschäftsabschluss zu verhindern. Bestimmt beteiligen sich die Kinder vom *Club der kleinen Millionäre* auch wieder."

Antonia sah zufrieden, wie die anderen zu ihrem Vorschlag nickten und lehnte sich wieder zurück.

Dass sich Laura und Emilia bedeutungsschwangere Blicke zuwarfen, übersah sie dabei.

Christiane ergänzte die Notizen um einen Einsatzplan und Laura erinnerte alle noch einmal.

„Vernetzt euch mit allen Frauen und auch Männern, die ihr kennt. Nutzt Whats app, Facebook, eure E-Mails oder ruft an. Diesen Kampf werden wir gewinnen.

Nach einer Woche war der Spuk vorbei.

Laura kam schon morgens freudestrahlend zu Sophie.

„Die Büros sind geräumt, sie sind weg!"

„Ganz sicher?" Sophie zweifelte noch.

„Natürlich! Emilia hat mich gerade angerufen.

Wir hatten einen Beobachter im Nachbarhaus, der sagt, die Räume seien in aller Eile verlassen worden. Zum Glück hat er auch meinen kleinen Spion geborgen."

„Ihr beide habt dort eine Wanze eingeschmuggelt? Oma, das ist illegal!"

„Na und", grinste Laura, „ du willst mir doch nicht sagen, dass diese Mistkerle das Gesetz geachtet hätten."

Sophie erhob sich und trat ans Fenster. „Nein, das bestimmt nicht. Ich befürchte nur, jetzt werden sie eben in einer anderen Stadt Frauen finden und sie betrügen."

Laura legte tröstend den Arm um ihre Schultern. „Das kann sein, aber ganz sicher gibt es auch anderswo Frauen, die sie wieder vertreiben werden."

- Ende -

Von der Autorin sind im BoD-Verlag bereits erschienen:

- Der Club der kleinen Millionäre
  Coole Kids und der clevere Umgang mit Geld

- Die dicke Friederike
  Von Pfunden, Freundschaft und Hunden

- Immer wieder aufstehen!
  Kurzgeschichten zum Mut machen

- Die Silver Girls
  65 – Na und!

- Das Monster im Schrank
  Wenn Kinder Angst haben

- Das gibt es doch nicht!
  Unmögliche und fantastische Geschichten 1

- Das ist wirklich das Allerletzte!
  Unmögliche und fantastische Geschichten 2

- Jetzt ist aber Schluss!
  Unmögliche und fantastische Geschichten 3

- Die Weiberwirtschaft
  Frauenpower im Mühlengrund